U0108754

愛情如蜜

何萬貫 主編

商務印書館

愛情如蜜

主　　編：何萬貫
責任編輯：續瑜
出　　版：商務印書館（香港）有限公司
香港筲箕灣耀興道 3 號東滙廣場 8 樓
http://www.commercialpress.com.hk
發　　行：香港聯合書刊物流有限公司
香港新界大埔汀麗路 36 號中華商務印刷大廈 3 字樓
印　　刷：陽光印刷製本廠有限公司
香港柴灣安業街 3 號新藝工業大廈（6 字）樓 G 及 H 座
版　　次：2009 年 7 月第 1 版第 1 次印刷

ISBN 978 962 07 1872 4
Printed in Hong Kong

總序

何萬貫

為為了幫助中學生學習寫作，提高語文水平，筆者編寫了這一套"寫作系列叢書"。

這套叢書總的特點是，把寫作知識和範文有機地結合起來。書中，筆者把寫作知識分成各種各樣的大小專題，譬如大的專題有文章主題、文章結構、文章取材等等。大的專題下面又分成若干個小專題，比如文章結構下面又分段落和層次、開頭和結尾、過渡和照應、主次和詳略等幾個小專題，每個小專題下還有若干個知識點。筆者就從這些知識點出發，設計出若干個題目，然後請一些大學生結合有關知識點寫出範文，範文後面附有評語，簡介該範文是否符合設計要求。這樣，讀者在學習有關的寫作知識和閱讀範文的過程中，就可以從理論和實際相結合的意義上去學習有關的寫作技巧了。

這種編排的好處在於，學生在閱讀過程中、在學習寫作理論的時候有了參照文，從而使學習理論具體化，不會感到枯燥。生動具體的學習形式可以提高學生的興趣，而興趣是學生學習寫作的內在動機，會使他們喜愛寫作，從而多讀多寫，越寫越有興趣，越寫越有進步。

一個大專題編一本書，所以每本書在內容上也有一個中心。比如關於文章表達方式的這一本書就是以母愛為為中心，而關於文章結構的這一本書則是以父愛為為中心，如此等等。在決定書名的時候，以文章內容作正題，以寫作知識專題作副題。因此，讀者除了會從這些書中學習到有關寫作知識以外，還會從範文的內容中受到思想教育，或者從意識上受到薰陶，再或者從思想方法上受到啟迪。

要按照有關設計寫出相應的範文並不容易。有時候初稿寫出來了，發現不符合要求，就要推倒從來。有時候幾經修改，還是覺得不滿意，就得再加工。這些範文的作者，就像許多施工工人對待建築師精心設計的圖紙一樣，須經一絲不苟反覆推敲，才能使自己的文章符合設計者的要求，頗費一番努力。在此，要向他們表示衷心的感謝。

在這套書的編寫過程中，還得到了許多朋友的支持和鼓勵，在此一併致謝！

關於主題

本書是整套寫作系列叢書的主題篇，結合具體篇章講述文章的主題問題。

在寫作中，要提煉好文章的主題，本書講述了四個原則：一是主題要鮮明，二是主題要集中，三是主題要深刻，四是主題要獨創。對此，本書在每一章的開頭部分都有一篇説明文字，扼要講述了有關提煉主題的基本知識。而每一篇選文都附有評語，評述有關篇章的特點，指出其是否符合有關寫作設計的要求。

提煉主題，首先涉及到一個前提，那就是題材。寫作離不開題材，沒有題材，就孕育不出主題，那就談不上寫文章。所以，在寫作之前，在提煉主題之前，首先要積累材料，確定題材。積累材料有兩個方法：一是從現實生活中去收集。寫文章的人，要隨時隨地觀察生活，盡可能多積累一些材料。有些同學十分注意材料的積累。他們身邊總是備有紙筆，無論去到哪裏，都認真地看，認真地聽，把所見所聞隨時記錄下來，發現一點材料就記錄一點。日積月累，材料就越來越豐富。題材就是從這些材料中選擇出來的。積累材料的第二個方法，是到書本中去收集。書裏的材料，有的是前人所記錄下來的過往材料，有的是現代人所記錄下來的新鮮材料。這些材料，不但能幫助我們開闊眼界，而且可以成為我們寫作中的題材。

題材是提煉主題的基礎，因此，提煉主題一定要從題材出發。我們既不能離開題材，去虛擬甚麼主題，也不能憑空把甚麼思想強加到題材上去。有些同學或許以為，既然主題是從題材當中提煉出來的，如果有了題材，就可以輕而易舉地獲得主題了。事實並不像這些同學想像的那麼簡單。提煉主題是一項十分艱苦的勞動。提煉一個既要新鮮又要集中，既要深刻又要獨創的主題，往往煞費苦心，甚至要經過“山重水複疑無路，柳暗花明又一村”的境界。在日常生活中的一些小事，在一般人看來似乎意義不大，但有些作者通過認真觀察分析，發現這些小事蘊含着比較重大的意義，可以從中找到一個比較深刻的主題，從而寫出有教育意義的文章。這都是他們花功夫去提煉主題的結果。

主題是從材料中提煉出來的。在提煉的過程中，材料起着決定性的作用。但主題一旦形成之後，反過來，它又決定材料的取捨。那就是說，哪些材料該寫進文章中，哪些材料不該寫進文章中，一切要由主題來“作主”。有助於主題表達的材料可以寫進文章中，一切與主題無關的材料即使十分生動，十分有趣，也不應使用。當然，並非所有有助於主題表達的材料都可以使用，因為文章篇幅有限，作者只能從眾多有利於表達主題的材料中，選擇那些典型而新穎的材料。

前面説了許多關於主題和題材方面的問題，但甚麼是主題，甚麼是題材？有些同學對它們的了解並非十分清楚。事實上，關於主題這個概念，各人的看法並不統一。有人認為，所謂主題，是指作品描寫的主要生活事件；有人認為，所謂主題，是指作品提出的問題；有人認為，所謂主題，是指作品表現出來的主要思想。香港和內地的寫作理論界對主題含義的解釋，傾向於後面的一種。本書所講的主題，也取用這後一種解釋。比如，有個同學寫一篇文章，題目叫做《週末旅行記》。週末旅行，是這篇文章所寫的生活事件，並不是文章主題；通過這篇文章提出的問題，也不是文章的主題。只有提出了問題，同時作出了回答，也就是通過這篇文章表現出來的主要思想，比如在旅行中要講紀律，又比如在課餘活動中可以培養師生感情，等等，才是文章的主題。而"文章的中心"這一説法，似乎不夠明確。應該説清楚，是"文章的中心內容"，還是"文章的中心思想"？"中心內容"是指題材，"中心思想"是指主題。

本書的名字叫做《愛情如蜜》。"愛情"是甚麼，大家當然比較清楚；用"如謎"去形容，大家也許比較認同。但面對這樣的題目，有些人會覺得好像特別敏感。他們認為，怎麼能跟中學生談情愛的事？難道是要提倡中學生談戀愛？事實上，這些人也是把概念混淆了。跟中學生談情愛，不等於提倡中學生談戀愛。人到了青春期，很自然就會產生愛慕異性的情感。這是一種本能。中學生大多處於對異性的嚮往期。他（她）希望接近異性，和異性交往，產生“異性相吸”的心理。中學生傾心的人多數是自己的同學，往往被對方的外表吸引，而且把對方理想化、偶像化。這種愛情心理雖然純潔，但比較幼稚和脆弱。除了當事人對此要有正確認識之外，老師、教育工作者，對他們也有一個引導的責任，幫助他們正確認識情愛，正確認識人生。由此看來，跟中學生談一些關於情愛的問題，似乎並非沒有必要。本書的文章，有的是成年人談自己過往的愛情經歷，有的是中學生談自己現實的情愛，這對大家或許有啟示作用。

一方面學習主題和題材的有關寫作知識，一方面學習關於正確對待情愛的方法，這是閱讀本書的兩個要點，希望大家能夠掌握。

目　錄

第二章　主題要集中　*49*

第三章　主題要深刻　*83*

第四章　主題要獨創 *117*

第一章　主題要鮮明

所謂主題鮮明，是指作者對文章所寫的人或事要有鮮明的態度。作者喜歡甚麼，不喜歡甚麼；提倡甚麼，反對甚麼；肯定甚麼，否定甚麼；要通過作品清清楚楚地表達出來。對積極的、正面的東西，作者要予以支持；對消極的、負面的東西，則應持否定的態度。比如，對熱心奉獻社會的人和事應該支持，對損公肥私、損人利己的行為則應該反對；對奉公守法、道德高尚的行為應該肯定，對貪污受賄、盜竊搶掠的行為則應該反對，如此等等。

主題鮮明的前提是主題正確。面對自己筆下的人和事，作者應該是就是，非就非。如果把是說成非，把非說成是，顛倒了黑白，這樣的鮮明不但無益，反而有害。主持正義、行為高尚、思想積極，是每一個文章寫作者應有的品格。不然，他的寫作就失去了意義。

當然，主題鮮明，不等於作者在任何作品中，都要把自己的觀點赤裸裸地表現出來。不同文章的體裁有着不同的表達方式。在議論文中，作者的觀點一般表達得比較直接。在一般的記敘文、描寫文、抒情文中，也是直接表達居多。有時候，主題會表達得含蓄一點，甚至隱蔽一點，但在大多數情況下，作者的態度也是表達得相當清晰的。而像小說、劇本，特別是在一些長篇巨著中，作者的觀點往往比較隱蔽，不會直接用文字表達出來，需要讀者從字裏行間去仔細領會。不過，這種觀點的隱蔽不等於態度不鮮明。因為作者的態度總有明顯的傾向，不會造成讀者的誤解。

主題要鮮明，說起來不難，但做起來卻並不那麼容易。作者對一個人、一件事的態度夠不夠鮮明，關鍵在於作者對這個人、這件事是否有深刻的認識。如果一個人做的某件事明擺在那裏，作者有時覺得他的做法正確，有時又覺得他的做法不正確，要正確地評估，採取正確的態度就比較難。所以，主題是否鮮明，要以對事物的深刻認識為根據。為此，作者要善於思考，不斷提高自己的認識能力。

文章題目	主題	表達方式	題材要求
情話	相愛的人願意患難與共	直接	典型
愛情儲存罐	把愛點滴藏在心裏	直接	真實
梔子花語	愛要細心體會	含蓄	典型
婚禮前奏	籌辦婚禮的幸福	直接	真實
一個人的秘密	把愛慕之心當作秘密	含蓄	新穎
等待	愛情值得等待	含蓄	新穎
城堡裏的偶然相遇	幸福緣起生活細節	較隱蔽	典型
沉甸甸的甜蜜	愛的表達方式不同，但效果一樣	直接	新穎
神奇的力量	戀愛會產生神奇力量	直接	真實
玫瑰和土豆	愛你的家人，就一定也愛你	直接	典型
愛的“雙槳”	愛是需要雙方共同付出的	直接	新穎
等待十分鐘	愛需要互相包容	直接	真實
偶遇	偶遇產生幸福	較隱蔽	典型
我也當了一回婚紗攝影師	細節出於無盡的愛	直接	真實
珍惜	應該珍惜愛情	直接	真實

情 話

何萬貫

管他是中秋夜，天清月朗；管他是黃梅時節，細雨紛紛；在偌大的大學校園裏，我和她總有說不完的話。

她問："你會送花給我嗎？"我說："花種在大地上，才會生機勃勃。"

她問："你會讓我養寵物嗎？"我說："動物活在大自然中，更見活力。"

她問："你會送鑽石首飾給我嗎？"我說："鑽石有價，真情無價！"

一萬多個日子一晃而過，我沒有送她鮮花、寵物和鑽石首飾，只有真情。

她說："我的脾氣不好！"我回答："我給你無限包容。"

她說："我會做錯事！"我回答："讓我和你一起承擔後果。"

她說："你願意為我做你不想做的事嗎？"我回答："恕我不能唯命是從。"

三百多個月稍縱即逝，我感謝她從不勉強我做我不願意做的事。

她抱怨："我怕打雷。"我反問："有我在你左右，還怕甚麼？"

主題要鮮明

她投訴："我不愛做家務。"我承諾："我們一起分擔家務，苦差成樂事。"

她認真地說："我喜歡孩子，我熱愛教育事業。"我也認真地說："讓我們一起教好自己的孩子，也用心教好別人的孩子！"

我慶幸找到我愛的人，更慶幸我愛的人也愛我。

三十年風風雨雨，我們共同經歷了不少起起落落。當中有值得我們驕傲的，也有值得我們反思的。我們願意再結伴同行幾十年！

本文以對話形式，清楚地描寫了"我"和"她"之間的真情。文中，她說一句，"我"說一句，話語當中飽含着她對"我"的愛，以及"我"對她的愛，情真意切，所以文章的題目叫做《情話》。作者通過寫"我"與她之間的"情話"，反映了兩人三十年來的"風風雨雨"、"起起落落"，表明了"我們願意再結伴同行幾十年"的心跡，題材典型，主題鮮明，作者表達較為直接。全文集中寫對話，沒有花費筆墨去寫跟主題關係不大的細節，這種做法不但令語言顯得簡潔，而且乾脆俐落，使文章結構顯得格外緊湊和嚴謹。

愛情儲存罐

朱小英

玲子生日的時候，海明送給她一個儲存罐，一個憨態可掬、笑着的小烏龜造型的瓷器罐子。海明說："你要像這隻小烏龜一樣，永遠都那麼開心地笑着。"玲子懂得海明的心意，微笑着收下了這份可愛的禮物。從這以後，玲子並沒把儲存罐用來儲錢，而是把一些事情記錄在便箋上，然後疊好放進"小烏龜"的肚子裏，她是把自己所有的心事都存儲在這個罐子裏了。

日子飛馳一般過去，海明和玲子都考上了大學。遺憾的是，他們的學校在不同的城市。就要分別了，玲子很傷心，她害怕孤獨，害怕身邊沒有海明。她把海明叫到家裏，任性地跟海明哭鬧。一不小心，那個"小烏龜"罐被碰倒了，掉在了地上，便箋灑落一地。海明連忙一張張地撿起來細看：

"7 月 11 日，海明從外地回來，為我帶回來大束的花。他興奮地跟我說着旅途中遇到的趣事，還說沒有要我一起去令他很遺憾。其實，我很想跟他一起去旅行。"

"3 月 7 日，我感冒了，沒力氣說話。海明打來電話，說故事給我聽，我感覺很幸福。"

"9 月 6 日，很想海明，把他的名字一遍遍地寫在手心上，不知道他現在好不好，不知道他有沒有想我。海明，你

主題要鮮明

知道我在想你嗎？”

“6 月 5 日，和海明在海邊看日落。海明笑起來很英俊。看着他笑，我也想笑。我想，要是我愛上海明，肯定是因為他的笑容，那是灑在海面上的陽光啊。”

“3 月 27 日，跟海明約好到公園去玩。花開得很漂亮，海明牽着我的手，他的手很溫暖。”

“8 月 16 日，收拾行李的時候看見了海明的照片。我很難過，因為就要跟海明分別了，不知道甚麼時候才能再見。要是能在同一所學校多好啊！”

便箋還有很多很多……

過往的情景如電影畫面般，不斷在海明眼前閃現。他這才知道，原來有一顆愛着自己的心一直跟自己綁在一起。海明不忍再看下去，只是無言地將玲子緊緊抱在懷裏。

作者在文中直接表達了“愛是點點滴滴積累起來”的主題。文章中的玲子將一些事情記錄在便箋上，藏在瓷器罐裏，其實是在將一點一滴的愛藏在自己的心裏，體現出了她藏在心底的愛意。後來，兩人要分別了，玲子“很傷心”，“任性地”“哭鬧”，體現了她很愛海明。本文題材真實，主題的表達較鮮明，構思巧妙。

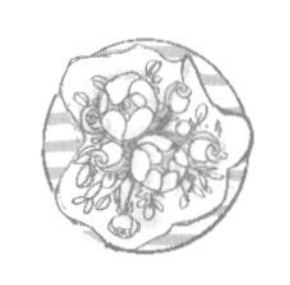

梔子花語

陳美美

小梅的生日在6月，適逢梔子花開的季節。小梅一向是喜歡花的，屋後小小的花圃裏，長滿了藍色的鳶尾和含羞草，一如小梅淡淡憂鬱。花圃裏唯獨沒有梔子，因為她覺得梔子花開得太熾烈了。

峰最初認識小梅的時候，就察覺她很憂鬱，憂鬱得使他想把她緊緊地擁在懷中。但他是個訥於言辭的人，就算有再多想說的話，也不會說出來。他會做的，僅僅是在小梅生日的時候送她一盆梔子花。

小梅沒有過多地去思量那盆花具有多少特殊的含義，只是覺得生活中多了一個可以說話的人，多了一盆可以傾訴的花。

第二年，小梅過生日的時候，花圃裏又多了一盆梔子。她和峰的關係仍舊是淡淡的，沒有任何進展。他們倆依舊都是孤單而寂寞的人。

第三年，小梅的花圃有了三盆梔子。在送梔子時，峰除了會說“生日快樂，梔子代表我的心”外，再沒有多餘的話。小梅隱約能感受到一些甚麼，卻又說不清那種感覺。她也害怕那僅僅是一種感覺。

四年過去了，他們都在等待：小梅在等待峰的一句話，

主題要鮮明

峰在等待小梅能夠明白。又到了小梅生日的晚上，峰依舊送去了一盆梔子和一張精美的卡片，上面依舊寫着“生日快樂，梔子代表我的心”。看着那盆梔子花，小梅很生氣。她在想：難道峰就不能開口説那句話嗎？小梅的目光最後落到那張卡片上：“梔子代表我的心”？小梅快速跑進書房，打開電腦，輸入“梔子花語”四個字，終於找到了答案：梔子花語，用一生守候我對你永恆的愛。小梅這才明白，原來峰早已將愛意説了出來，只是自己太遲鈍，沒有察覺罷了。

用四年來領悟一句話的含義或許不算太長，畢竟愛情是需要花時間慢慢領悟的。本文題材典型，通過對花語的詮釋，映射出峰對小梅的愛意。對主題的表達，作者顯得比較含蓄。要是小梅不是那麼遲鈍，在峰送第二盆、第三盆梔子花的時候，就會體會到峰的愛意了。這說明了愛要細心體會。所以，我們應該多留心身邊的人，看看他們對自己怎樣的，以免辜負了真愛。

婚禮前奏

余建文

凌雲和小琴的婚期已經定下來了。

這幾天，凌雲忙裏忙外，張羅着婚禮的事情，雖然累得滿頭大汗，臉上卻總是掛着幸福的笑容。好不容易歇口氣，凌雲的手機又響起來了，原來是婚紗店的老闆催他們去挑選婚紗。凌雲對着小琴無奈地做了個鬼臉，帶着小琴，開車直奔婚紗店而去。

"小琴，你喜歡哪一套？"凌雲問。

小琴在店裏轉了一圈，最後她跟凌雲的目光都鎖定在一套復古式婚紗上。小琴到試衣間把婚紗換上。柔和的光線襯托出婚紗的聖潔與優雅，小琴猶如一位充滿古典韻味的淑女。凌雲看得有些出神。他在想：舉行婚禮當日，小琴穿着這套婚紗跟他走在紅地毯上，一定會是世界最漂亮的新娘，而自己該是何等的幸福。

從婚紗店出來，小琴提議去看看他們前兩天訂好的酒店，畢竟結婚這種大事，是馬虎不得的。路上，他們在討論該用甚麼樣的請柬。"我最喜歡用粉色的，用櫻花圖案做底紋，還要有好多好多心一樣的花瓣。"小琴想到這些天為婚禮忙碌不停的凌雲，忽然很想依偎在凌雲的懷裏。"嗯，就依你的意思了。待一會兒回去我畫一張設計圖，保證你滿

主題要鮮明

意。”凌雲開心地看着小琴，小琴臉上寫滿了幸福。到了酒店，經理說：“凌先生，放心吧，一切安排妥當，就等你們來了。到時候將會是你們人生中難忘的一夜。”也就是說，他倆的婚事，萬事俱備，只欠東風了。

凌雲抽空跑到精品店裏，買了好多小琴很喜歡的小豬、小熊公仔。房間裏，看着小琴像個可愛而又淘氣的孩子般，把這些公仔放在牀頭、衣櫃、書桌上，把屋子裝飾得像個溫馨的小窩，凌雲忍不住悄悄地走到她的身後，摟住她，把一個甜蜜的吻印在了她的臉上。

文章運用順敍法，講述的是一對即將結婚的情侶親手操辦婚禮的經過，包括看婚紗、討論請柬式樣、看酒店等。文章主題表達較為直接，題材真實，感情自然流露，體現出這對情侶無比的喜悅、甜蜜和幸福的感情。“臉上卻總是掛着幸福的笑容”、“而自己該是何等的幸福”、“臉上寫滿了幸福”等句子，字裏行間洋溢着情侶之間的相互關愛和依戀的情懷。

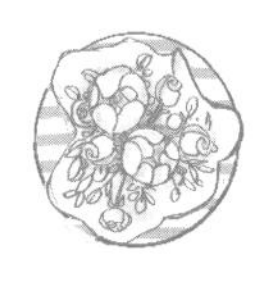

一個人的秘密

文美麗

星期一下午，放學後，陽光從萬里高空斜射到地面。馬路對面那個女生的面容，就是在車輛匆匆駛過時，被杜邦的目光捕捉到的：一陣風沒有來由地吹過，撩起了女生的頭髮。這時，站在路這邊等車的杜邦，心裏猛地顫動了一下。只見女生手腕上裹着一塊小小的方巾，純白色的，中間有一縷純黑……她舉手投足，都是一種無懈可擊的美麗。

那一夜，杜邦失眠了。輾轉反側中，眼前盡是那一塊小白方巾。杜邦想：如果她也看見了他，而且也懂得他的心，又會怎麼樣呢？

星期二放學時，他準時看到了站在街對面的那位女生。他仍不知道她是誰，但是可以肯定她的學校也在附近。

星期三依然看到了她，紮了個馬尾。

星期四，她低着頭，在專心致志地用手機發短訊。杜邦很想跑過去問問她的電話號碼，又或者問點別的甚麼。但是他沒那麼做。

星期五，她或許已知道他在注視她，可她仍靜靜站着。

星期六，杜邦在足球場上用力地奔跑，腦子裏滿是那個無法抹去的俊秀面容，終於累得摔倒在草地上。他仰望着藍色的天空，心裏很安靜。

杜邦覺得自己彷彿愛上了甚麼，但他也懂得為自己保留一點小小的秘密。他知道，自己在心裏為她留下了一塊小小的地方，讓自己的內心充滿希望。或許有那樣的一天，他會走向對面的月台，牽起她的手，對她說："嘿，我一直在街對面看着你。"杜邦相信會有那麼一天，但絕對不是現在。

杜邦從草地上躍起一抬腳，球從腳底飛出，在空中劃出一道美麗的弧線。

作者用了大量的描寫，將女孩美麗的輪廓勾畫了出來，觀察的細緻，表現出杜邦對女孩的關注。通過心理描寫，表現出杜邦慢慢滋生愛情萌芽的狀態。從開始看到女孩，到每天都注意觀察，到想走上前跟她說話，說明杜邦對她有愛慕之心。然而，他卻將此掩飾起來，想跟她說話，"但是他沒那麼做"、"杜邦相信會有那麼一天，但絕對不是現在"，畢竟年輕的他有太多的羞澀了，不能把那些話說出口。文章以《一個人的秘密》為題，內容切合題意，感情自然流露，但主題的表達比較含蓄：對別人有愛慕之心是正常的，但不一定要馬上表明心意，不妨把這當作一個秘密藏在心底，等以後有合適的機會了再表白。

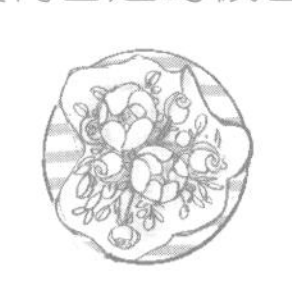

等 待

吳 東

雅雅撐傘撐得手有些酸了。雨只是小了一些，十月的清冷，都藏在梧桐葉上那閃閃爍爍的水滴裏。她在等的那人還未出現。

一把大傘漸走漸近，傘下是一對兩鬢斑白的夫婦，步履蹣跚。老先生的大手緊緊握着妻子的小手，沒有很多的話語，就這樣緩緩地走着。此時此地，雅雅似乎開始漸漸明白"執子之手，與子偕老"的真正含義：兩個人能夠牽着手走完一生的路程，原是需要付出很多的。看着兩個老人，她有些忘神。

在雅雅十八年寧靜無伴的生活裏，終於要等來那人了。她想，她之所以能從繁華退縮到一個角落，黯淡了光華，讓世界把自己淡漠，是因為她心裏有這一份等待。她因有這一份等待而感到滿足。她知道有一個人，還有一個結局最終會來臨。她始終相信那人會穿過種種輪迴的幻象，像穿過今日的層層風雨，直接來到她退守的角落，獻上她期待已久的那份告白。

雅雅在等那人。等他從遠處走來，揭開雨簾，一步鑽到她的傘下，抖抖衣上的水珠，對她發出一連串三個字的顫音：「"我愛你。" 然後，她會下決心跟他一起，像那對老人

主題要鮮明

一樣，牽着彼此的手，一直走到地老天荒。

梧桐樹下，有誰會知道一個情竇初開的女孩的心事？又有誰知道，那心事隨風飄來飄去，最終在這個國度的這個城市上空凝結成一顆雨珠，不被風吹散，不落入泥土，不被樹葉阻擋，最終掛到這個女孩的睫毛上？

霓虹閃爍。梧桐樹下，雅雅撐着傘，而不遠處一人正微笑着向雅雅走來。

本文以《等待》為題，寫的是女孩在等待一個向她傾訴情思的男孩的過程，題材新穎。其特點在於，重點寫主人公在等待過程中的所見，以及由所見引起的一系列聯想，突出了這樣一個鮮明的主題：一生相守的愛情是值得等待的，恆久的等待終會迎來美麗的結果。文章的結尾韻味悠長，含蓄地將文章的主題推向了一個令人遐想的高潮。

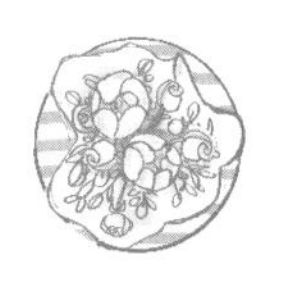

城堡裏的偶然相遇

青果

城堡裏，王子在遊玩。

城堡水池邊，大臣們在觀賞着池中怡人的水上表演。

王子來到城堡的窗台邊，被一座潔白無瑕的水晶雕像深深地吸引住了。在陽光的照耀下，那雕像放射着瑰麗誘人的光芒。他終於經受不住吸引，伸出手拿起那個雕像，情不自禁地放到嘴邊吻了吻，然後放回窗台，轉身離去。

其實，一位女孩被困在水晶雕像裏生活了不知多少年，也不知怎麼地就醒了過來。此刻的她終於恢復了人身，擺脫了雕像的束縛，就立即朝着剛離去那個背影方向追去……

遠遠地，女孩看見水池邊的長石條上，坐着一個人。他背影英挺，穿着點綴有淡綠色細小花瓣的白色上衣，

襯映着陽光，顯得健康而富於朝氣。女孩想也沒想就跑了過去，因為她只想找到那個熟悉的氣息，那個將她吻醒的人，那個拯救了她從而使她再次獲得自由的神秘人物。

王子聽到身後的腳步聲，回過頭來。

“就是你！”女孩差點叫出聲來。

王子微笑着看着她，眼神溫柔而沉靜，彷彿在說：“你真美！”

她知道，王子接受了她。她自信地迎着王子的目光走了過去。

王子挽着這個美麗的女孩的手，朝城堡的更深處走去……

水池邊，大臣們仍在觀賞着賞心悦目的水上表演，沉浸在優美的表演中。而他們的王子，此時已沉浸在愛的海洋中了。

本文以童話形式，通過向我們講述王子因本能而無意的一吻，意外地獲得了自己幸福的故事，告訴我們：幸福的到來，有時只不過是緣起生活中的一個細節，並非一定需要做些甚麼驚天動地的事才能獲得。本文題材典型，主題表達得較隱蔽。在第三段中，對王子動作描寫自然而連貫，用詞也很準確，如“來到”、“伸出”、“拿起”、“放到”、“放回”、“轉身”、“離去”等。

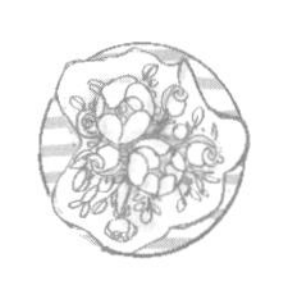

沉甸甸的甜蜜

陶青青

愛情離不開生活的土壤。不管它到來之初是多麼的浪漫，時間終會將那份熱情洗滌得乾乾淨淨。到最後，愛，只剩下生活的一個個細節，只剩下心靈深處的那份惦念。

傍晚，印染着落日餘暉，爺爺和奶奶和往常一樣出去散步了。這是他們的甜蜜時光。他們會手拉着手，悠閒、舒適地享受那一片寧靜與祥和。時不時地，他們會抬起頭來看看對方，眼神裏充滿了恬淡的關懷。一次，奶奶腳底一滑，把腳給崴了。幸好有爺爺在身邊，他牢牢地扶住奶奶孱弱的身子。奶奶還心有餘悸，爺爺則像剛剛做了一件英雄救美的事一般，有點得意地微笑着說：“沒事了。”……

看着他們，我彷彿看到了他們那充實的過去，看到了他們幾十年以來的喜怒哀樂，還看到了他們在內心深處默默地實踐着給對方的誓言：相濡以沫，不離不棄。多少年來，他們始終風雨同舟，這才有了今天的悠閒和愜意，今天的安詳和舒緩，今天這暖洋洋沉甸甸的相擁相依的長情。

情感的表達方式有千萬種，不同的年齡階段有千差萬別。但對於飽嘗生活中酸甜苦辣的老年人來說，他們不會有甚麼驚人之舉，有的只是在我們看來再尋常不過的舉動。但

主題要鮮明

正是它的尋常無奇，才能觸動我們心靈深處的那根情感神經，我們才能更加感覺到它的真摯可貴。

本文以樸素的語言，向我們展示了“我”的爺爺和奶奶，手牽着手散步所給“我”帶來的感動和深思。他們並沒有甚麼特別的舉動，但卻給“我”帶來了心靈的觸動。老人表達情感的方式很簡單，只是“執子之手”，卻演繹着“相濡以沫，不離不棄”的誓言。文章題材新穎，主題鮮明，直接地告訴讀者這樣一個道理：愛的表達方式可能各有不同，如文章講的爺爺奶奶手牽手是其中一種最普通的，但它所表達出來的愛意卻是深切的，是任何人都能感受到的。

神奇的力量

程小燕

姐姐從不在網上玩撲克。每次見我玩得那麼高興，她都會譏笑我幼稚。可是，最近姐姐卻一反常態，不僅變得愛在網上玩撲克，而且玩的時候還經常把我趕到其它房間去做作業。

我心裏直犯嘀咕：姐姐怎麼突然變化這麼大？終於，我禁不住好奇心的驅使，偷偷地從門縫裏往裏看：姐姐玩得真開心，屋裏還時不時地傳來姐姐開心的笑聲。仔細一聽，原來，姐姐正在和一個男孩"捉對廝殺"。我於是悄悄地溜進去，神秘兮兮地說："你不是最不喜歡玩撲克，還說玩撲克很幼稚的嗎？可你怎麼玩得這麼開心呢？"姐姐把手一揮："一邊去。沒看到姐姐正忙着嗎？"然後就不理我，好像我根本就不存在一樣。

自從愛上在網上和那個人玩撲克後，最討厭日語的姐姐突然對日語感興趣了，而且遇到不懂的地方還會主動請教我這個"日語天才"。

我覺得，這兩件事裏頭肯定有名堂。

一次，姐姐又來問我關於日語的問題了。我故意不答，轉身就走。姐姐急忙追了過來，說："好妹妹，教教我，以後我輔導你的數理化一定耐心！我倆互教互學，不是進步

主題要鮮明

得更快嗎？”我故作生氣的樣子，說：“那你告訴我，他是誰？”姐姐忙捂着我的嘴巴，示意我小聲點。無奈，姐姐最後只好承認說那人是她隔壁班的班長，日語好得不得了，她很喜歡他。

我於是趁機提出要求來：“幫你？行啊！但以後不許和我搶電腦，你得等我用完了再用。還有……”為了她的“日語”，姐姐居然甚麼要求都答應了，欣然接受了我的“霸道”。要是以前，姐姐怎麼會向我“俯首稱臣”？

從這以後，我想要姐姐幹甚麼她就幹甚麼，對我可是言聽計從。哈哈！姐姐戀愛了，真好！

本文形象地寫出了“我”察覺到的姐姐的變化：如由不愛在網上玩撲克到愛上網玩撲克，由討厭日語到喜歡日語，由從不向“我”“俯首稱臣”到對“我”言聽計從。而這些變化，生動地展現了姐姐戀愛的心理：戀愛中的人，不僅希望有更多的機會同對方交流，而且會愛上對方的優點，並學習對方的優點，以及為了達到這一目的，而不惜對妹妹“委曲求全”。文章通過選用真實的題材，直接地表達和突出了“戀愛會產生神奇的力量，使人在行動上、語言上、心理上等方面發生變化”這個主題，就如文章標題所講，能使人感受到戀愛的神奇。

玫瑰和土豆

植芳松

我還沒有睡醒，許雲就在電話裏大叫：“他送了我一車子玫瑰，就在我們家樓下！我答應他了，我要做他女朋友！”

原來今天是情人節，一直在追許雲的男生送了她許多玫瑰，並且用上了世界上最動人的語言表白，於是她答應了他。

晚上，出去約會的姐姐也回來了，帶着一筐土豆。

我開玩笑地問：“這是他送你的情人節禮物嗎？”

姐姐笑盈盈地說：“可不是呢。”

我一邊幫她把土豆放好，一邊說：“怎麼也得送你玫瑰或巧克力吧？好歹是一起過的第一個情人節。今天許雲就收到了一車子玫瑰，不知道惹得多少女孩子眼紅呢。”

姐姐輕輕將一個土豆握在手裏，說：“你知道他為甚麼送給我土豆嗎？”

我搖搖頭，心想姐姐的男朋友大概是從鄉下來的，估計是個土包子，不懂一點兒浪漫。

姐姐說：“他的土豆其實不是送給我的，而是為奶奶專門從東北運過來的。”

奶奶出生於東北，在那裏度過了她的少女時代後，就隨爺爺到了湖南。由於種種原因，從此再也沒有回去過。她經常對我們說起東北的種種，其中最讓她牽掛的就是東北的土

主題要鮮明

豆。這次要是讓她看到了真正的東北土豆，不知道會有多開心呢。

我一時間覺得心裏暖暖的。玫瑰和土豆，一個時尚而浪漫，一個土氣卻溫馨。

姐姐說：“我並不羨慕你朋友收到的玫瑰，我有我的土豆就足夠了。一個人，如果愛你的家人，也一定會很愛你的。”

如果把土豆和玫瑰這兩種東西當禮品，玫瑰代表浪漫高貴，收到它，是女孩子的夢想。但是姐姐在情人節這一天卻只收到了一筐土豆，而且她還很高興。雖然一筐子土豆不算甚麼重要的東西，但是其中蘊含的情感卻令人感動。作者正是通過寫姐姐如何看待收到土豆和送土豆背後的用意這個典型事件，直接地揭示了鮮明的主題：愛情，不僅要看對方如何對你，而且要看對方如何對待你身邊的人，就如姐姐說的，“一個人，如果愛你的家人，也一定會很愛你的”。

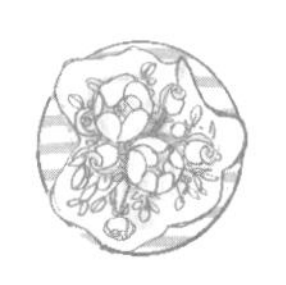

愛的“雙槳”

李斌

一次和丈夫發生口角後，我去找李梅“討教”。李梅和丈夫結婚後一直很恩愛，於是我問她是如何保持同丈夫的感情的。

李梅跟我講起了她和丈夫間這樣一件小事：

前段時間，公司的運營出了點問題，丈夫每晚都在書房忙到很晚。也許是內心裏牽掛丈夫，每晚丈夫忙完後回臥室，李梅總會聽見丈夫熟悉的腳步聲，然後醒來，為他打開臥室的燈，以免丈夫進來時撞到甚麼。丈夫對李梅說：“自己家都這麼熟了，夜裏摸黑也能走到牀邊。你晚上就好好睡吧。”“那可沒辦法，你的腳步聲就像是個鬧鐘。只要你一走到大廳，我就醒了。”李梅半開玩笑地說。

第二日李梅睡下後，丈夫仍舊在書房裏忙。可是，這天夜裏李梅沒有醒。事後，她想，大概是自己睡得太沉了。但是這之後的幾天，李梅都沒能醒來。早上問丈夫晚上甚麼時候睡的，丈夫得意地說：“看來我這鬧鐘對你要失效了呵！”

這天夜裏，李梅假裝睡下。半夜裏，丈夫忙完後，李梅隱隱約約聽到了大廳裏丈夫輕微的腳步聲。當丈夫走進臥室時，李梅打開燈，看到丈夫正踮着腳尖，躡手躡腳地走了進來，腳上穿的不是平日裏的拖鞋，而是一雙厚毛襪。

講到這裏，李梅的臉上露出了幸福的笑容。

她對我說："結婚後的兩人就像是同坐在一條雙槳的船上，要想順利地到達彼岸，需要兩個人一起划動船槳，否則這愛情之船不但不會前行，甚至可能倒退。關愛是相互的。在抱怨對方的淡漠和粗心時，我們也要想想自己是否付出了真愛。"

看着李梅，我似乎明白了些甚麼……

評語

文章題目為《愛的"雙槳"》。作者以此為題材，給我們講了一個溫馨的小故事：李梅因關愛丈夫，深夜裏仍牽掛着，醒來給回臥室休息的丈夫開燈。而她的丈夫卻希望李梅能更好地休息，於是穿着"一雙厚毛襪"，"踮着腳尖"，"躡手躡腳地"進屋，以免李梅聽到腳步聲而醒來。文章沒有半點空洞說話，只是用這樣一個新穎的充滿愛的小故事，來闡明這樣一個主題："結婚後的兩人就像是同坐在一條雙槳的船上，要想順利地到達彼岸，需要兩個人一起划動船槳；否則這愛情之船不但不會前行，甚至可能倒退。因關愛是相互的"。即是說，愛是需要雙方共同付出的，從而讓讀者體會到愛的真諦。文章主題鮮明，立意突出，用語樸實真切，表達方式直接，能打動人心，又具有感染力。

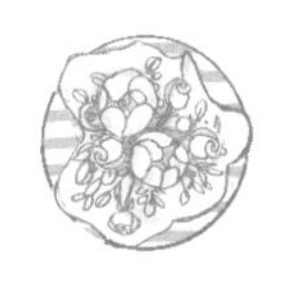

等待十分鐘

何其趣

我從來都知道自己脾氣不好。這幾年，或許是因為工作上的不如意，我覺得自己越發暴躁了。下班回到家裏，妻子麗芳常常成了我的出氣筒。但是每次，她從不與我爭執，只是默默地容我在那裏叫嚷。

其實，很多時候，想到自己這樣對待妻子，我總覺得很愧疚。我曾想過該改一改了，只是脾氣這東西要改變真的不容易。再加上妻子從不抱怨，我有時便有些“得意忘形”了。

有一天，我下班回家。正打算開門的時候，我聽到了妻子和朋友如韻的說話聲。

“麗芳啊，我都聽說了，你丈夫脾氣不好，常常無緣無故地對你發脾氣，可你每次都能忍受。你是怎麼做到的呢？”

“他平時其實很好的，只是偶爾因為壓力大，才衝我嚷幾句。兩個人在一起生活，很多時候是需要互相包容的。每次他發脾氣時，我就對自己說，沒甚麼，等待十分鐘；十分鐘後，他的氣自然就會消了。”妻子淡淡地笑了下，接着說，“他啊，脾氣來得快，去得也快，每次也就發個十分鐘左右的牢騷。”

“真是難為你了！”如韻佩服地說。

“其實沒甚麼的。真的理解一個人，就不會跟他計較那麼多啦。”妻子笑着説。

門外的我，聽着妻子的話，越發覺得對不起她。從此以後，我也下定決心：不管心裏有多煩，有多想發脾氣，也一定讓自己先忍耐十分鐘！就這樣，很多時候，心裏的火也就在這十分鐘的等待裏被澆熄了。

現在，我和妻子，依然堅守着各自的“十分鐘”。我們正用這一次又一次的十分鐘延續着我們的愛情。

這是一篇題材真實的文章，質樸之中卻難以掩飾那溫暖的愛情，讓讀者為妻子對“我”那深深的愛而感動。本文以“愛需要互相包容”為主題，扣住題目《等待十分鐘》展開。文中先寫妻子對“我”的包容，在“我”發脾氣的時候“總不與我爭執，只是默默地容我在那裏叫嚷”，“等待十分鐘”，後來“我”聽到妻子與朋友的對話後，也決定“等待十分鐘”，從而突出了“我”與妻子之間相互的愛。鮮明的主題，在第五段中才直接地揭示了出來。

偶遇

歐珍珍

“唉，要是是個大陽天，也許還可以擦出點火花。”他哀歎着，撐着傘，走在濕漉漉的小道上。

一次又一次地與不同的人約會，但總是在見過後就知道沒有結果。儘管如此，他卻樂此不疲。不是嗎？人總得給自己一線希望。儘管遭遇了戀愛史上一次又一次的滑鐵盧，但他百折不撓，屢敗屢戰。一路上，他寬慰着自己，沮喪的心情也漸漸好了起來，沿着小路慢慢走着的腳步，也漸漸變得輕快起來。

小路的前方，橫着一條巷子。他猶豫了一下，拐進了那條巷子裏。不期然，猛抬頭，又遇見了她。這種心情，就像張愛玲在小說中所描繪的那樣：於千萬人之中遇見你所要遇見的人，於千萬年之中，時間無涯的荒野裏，沒有早一步，也沒有晚一步，剛巧趕上了，沒有別的話可說，唯有輕輕地問一聲：噢，你也在這裏？想到這裏，他的臉上不由得現出笑容。

她撐着傘，從那邊裊裊地走來，一抬頭，正好四目相望。突然，勁風吹過，她的傘被猛地掀起，狠狠地一拽，便飛了出去。她吃驚不小，在風雨中張開雙臂擋着雨。那樣子，像個無助的孩子！

主題要鮮明

他看在眼裏，心裏徒然憐惜起來，快步走向她，用自己的雨傘遮住了她的頭頂。那條巷子長長的，他一路陪着她慢慢地走着，終於走到了無風無雨寧靜溫暖的家。

“這是我們共同的家。”他進屋後油腔滑調地說。不過，她注意到，講這話的時候，他的臉有些紅了。

……“那天，上天安排我拐進了一條巷子，目的就是為了讓我遇見你。而這種偶遇會產生蜜糖，滋潤着現在的我和你。”很多年後，他在燈下對她說。

評語

本文主題，表達雖然較為隱蔽，但很鮮明。文章先用寫意式的筆法，刻畫了生活中偶然發生的一個典型場景，描摹了男主角的心理活動。接着，一個外表有些玩世不恭、油嘴滑舌，內心對愛情充滿嚮往卻有些膽怯的男人，遇上一個羞澀的、平常的女子，於是，“一路陪着她慢慢地走着，終於走到了無風無雨寧靜溫暖的家”。文章就是通過描述這樣一種遇見，突出偶遇下的甜蜜，說明：幸福並不一定是預先安排好的，有時候沒有安排的相遇也會帶來幸福，會像蜜糖一樣滋潤着當事人。

我也當了一回婚紗攝影師

嘉 嘉

　　沒事的時候，我總喜歡用鏡頭記錄身邊的美好事物。一朵盛開的鮮花，一張可愛的笑臉，一個滑稽的動作，都會被我一一拍下來。我也會偶爾在網上上傳送精彩的照片，因此在朋友當中，我享有"小攝影師"的美譽。

　　姐姐要結婚了。她跟姐夫兩人跑了好幾家照婚紗像的影樓，但就是沒有找到一家特別滿意的。看着姐姐有點沮喪的樣子，我突發奇想："姐姐，要不讓我來給你們拍吧！保證別出心裁，讓你和姐夫都滿意！""對呀！你不就是嫌那些影樓拍出來的都一個樣子嗎？叫小弟來拍，肯定會有不一樣的感覺！"姐夫舉雙手贊成。"那也行，我就犧牲一下，當一回你的模特兒吧！"姐姐畢竟是姐姐嘛，在姐夫面前露出了得意的神色呢。

　　於是，在豔陽高照、春暖花開的一個週末，我便成了姐姐和姐夫的婚紗攝影師。

　　"來，姐夫的腰再彎一點，笑一下，燦爛一點……""姐，你笑得真陶醉，眼睛稍微往上看，漂……亮！"拿起相機，我就像個真正的攝影師一樣，調整着姐姐、姐夫的姿勢。

　　忙乎了將近一個上午，大家都比較累了，於是中場休息。姐夫立刻買來飲料和冰淇淋。給我一份之後，只見姐夫

拿着冰淇淋，非常自然地餵到姐姐嘴裏。姐姐微微一笑，幸福溢滿了整個眼眸……“咔嚓！”這個自然而又珍貴的鏡頭立馬被我捕捉到，快速拍了下來。“哈哈，自然流露的甜蜜與幸福哦！”我笑着説，“這可能是愛情經典照片之一！”

後來，我們又去海邊，拍下更多甜蜜溫馨的鏡頭。鏡頭裏，姐姐就像一位幸福的公主，而姐夫就是守護着她的白馬王子。回家看着那些精美的照片，尤其是那個餵吃冰淇淋的甜美畫面，我的心裏也充滿了暖暖的幸福感：情到深處，愛就會體現在那些小小的細節和瞬間的眼神中。

評語

本文主題鮮明，文章圍繞着作為攝影愛好者的“我”，給姐姐和姐夫拍婚紗照這個真實的題材，選取姐夫買冰淇淋自然地餵姐姐吃這樣一個細節，讓人瞬間感受到丈夫對妻子深深的愛。這個細節的描寫，以小見大，很好地說明了“情到深處，愛就會體現在那些小小的細節和瞬間的眼神中”的道理。文章的結尾，更升華了主題。

珍 惜

張沛奇

剛剛成婚不久的惠施，回家向母親抱怨家庭生活枯燥無趣。

婚前，惠施是一個很活潑的女子，一心追求浪漫，恨不得每天都生活在童話裏。婚後，現實生活中的柴米油鹽，讓她從雲端掉到了人間。

母親微笑地聽着她抱怨的話，並沒有多說甚麼。園子裏的薔薇花開得很燦爛，花香溢滿房間。母親說："你看，你父親當年種植的薔薇又開了。我看着它們，就像看見你父親的笑臉似的。"

惠施停止了抱怨。這麼多年來，母親一直很少提到父親的事情。她只知道父親過世很早，而母親一直很樂觀，彷彿沒有父親也過得很好。她有點疑惑，怎麼母親今天忽然提到了父親呢？

母親折了一枝探進窗來的薔薇，說："至少你還擁有你

的丈夫，而我僅有的卻只是一園子的薔薇花啊！你父親離開的時候，我們結婚沒多少年頭。為了你的健康成長，我才一點兒也沒有表露出我的傷心與絕望。可是，我是多麼希望能每天為他做飯，為他洗衣裳，為他蓋被子啊！現在，我還是經常夢到你父親，為當年自己對他的無理取鬧而懊惱不已，為對他說了過分的話而傷心……”

母親停了一會，又說：“孩子，愛情就像是鹽，擁有它的時候不覺得它珍貴，可是如果少了它，生活就會變得淡而無味。所以，愛情是應該好好珍惜的啊。”

淚水模糊了惠施的眼睛。下午回家的時候，她抱走了一大束薔薇花。她細心地將它們供在茶色瓷瓶裏，然後做好了晚飯，迫不及待地給丈夫打了個電話，催他快點回家。

評語

本文的主要情節，寫的是惠施向母親抱怨婚後生活的瑣碎。兩個人物中，一個是失去丈夫的母親，一個是對家庭生活不滿的女兒惠施。而惠施不滿意的平淡，卻正是母親最嚮往的生活。母親教育女兒時並沒有說教，只是告訴女兒：“愛情就像是鹽，擁有它的時候不覺得它珍貴，可是如果少了它，生活就會變得淡而無味。”這幾句話，直接點明主題，讓這篇文章的主題表達得很鮮明，題材也真實。

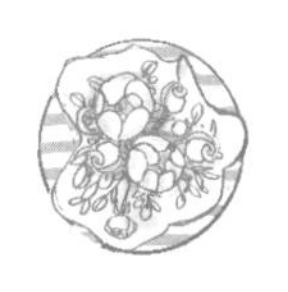

第二章　主題要集中

所謂主題集中，是指一篇文章只有一個主題。也就是說，主題要儘量單一，不要多主題，不要走題，目的是突出一個主題，並把中心思想談深談透，而不是東講一點西講一點，講得不深不透。

一篇文章多個主題，這是許多作者容易犯的一種毛病。在寫作之前，他們缺乏提煉主題的功夫。在寫作過程中想到甚麼就寫甚麼，想到哪裏就寫到哪裏，結果一個材料説明一個問題，幾個材料就説明了幾個問題，這種情況就叫做多中心。多中心實質是無中心。沒有中心，讀者看了，就不知道作者究竟着重提倡甚麼，反對甚麼；不了解作者寫作目的，不知作者究竟想怎麼樣。這樣一來，文章就無法真正發揮作用。在動筆之前，在提煉主題的時候，作者心裏必須明白，一篇文章只能提煉一個主題。在寫的過程中也要時刻記住，這篇文章只有一個中心，要把筆墨集中花費在突出中心上。

有些作者雖然明白一篇文章只有一個中心，但在寫作過程中控制不了自己的筆墨，寫啊寫啊，就岔到談別的問題上去了。雖然不一會又兜了回來，但過了一會又講到別的問題上去了。這種情況，叫做走題。走題的結果就是分散主題，實際上也就是把一個中心分成多個中心。在這樣的情況下，作者必須有清醒的認識，一定要抓住要點，把話題牽引到所確定的中心裏去，做到題材不分散，主題不分家。

主題要集中，但不等於主題可以膚淺、單薄。我們提倡主題集中，目的是要把問題談深談透。而膚淺、單薄就與談深談透的宗旨相違背。有些作者在談到自己的寫作經驗時，曾經這樣講過：在文章的主題確定下來以後，就緊緊抓住主題，要從各個角度加以闡述和分析，前講後講，左講右講，講了一層道理再講一層道理，圍繞一個小的口子，作一篇大的文章。這些體會確實是經驗之談。一篇文章寥寥數語就寫完了，主題當然集中，但十分淺薄。這樣的主題雖然集中，便變得毫無意義。我們要的主題集中，是談深談透的主題集中，是內容豐富的主題集中。

總而言之，文章的主題要集中，作者就應該在一篇文章裏集中而又深透地解決一個問題。

文章題目	主題單一性	內容	表達主題的方式
小紙條	要正確處理學習和談情的關係	校園生活	圍繞中心內容
偶遇	愛情基礎建於共同的愛好上	校外生活	圍繞人物內心活動
下棋	男女生之間的情感羞澀而美好	校外生活	明明的心理變化
畫中的女孩	愛情的培養需要時間	校外生活	畫畫活動
愛情的力量	愛情的力量使人對伴侶更好	家庭生活	圍繞內心活動
因為喜歡	因為喜歡，所以努力使對方幸福	社交生活	圍繞人物動態
平凡中的真愛	愛情滲入到一點一滴的生活中	家庭生活	圍繞縫紐釦一事
在雨中	少男少女的情感朦朧而羞澀	校外生活	圍繞人物動態
櫻花盛開的季節	學生應以學習為重	校園生活	圍繞內心活動
和媽媽談心	愛情的維繫靠理解和寬容	家庭生活	緊扣母女對話
表哥“失戀”了	愛情是雙方面的	家庭生活	圍繞表哥的覺悟變化
薇薇的苦惱	無須理會流言蜚語	校園生活	圍繞薇薇內心苦惱
突然的興趣	愛慕的情感使人更有動力	校外生活	圍繞小海的變化
不是愛情的錯	我們應該相信愛情	家庭生活	圍繞母女對話描寫
小敏的秘密	情竇初開的女生對愛情有嚮往	校園生活	圍繞小敏內心的秘密描寫

小紙條

何其妙

不知怎麼，一周以來，丹丹總覺得媽媽看她的眼神有些奇怪。每當走近自己時，媽媽總是欲言又止。為甚麼呢？丹丹想了想，莫非……她馬上跑到自己的書桌邊，移開台燈，一看，果然，那張被自己壓在台燈下的小紙條不見了。完了，媽媽肯定在打掃房間的時候看到了。

那是上周隔壁班的一個男生給她的。上面只有簡單的一句話："請問，可以和你交個朋友嗎？"底下是他的名字。只記得當時，一個高高瘦瘦的男生走過來，臉紅紅的，將小紙條往她手上一塞，就飛快地跑了。丹丹打開一看，心不禁撲通撲通地跳起來，難道是……她不敢往下想了，也不敢告訴任何人，鬼使神差地便將小紙條帶回了家，壓在了台燈底下，好隨時瞟上一眼。

媽媽肯定猜出來了，小紙條是個男生寫的。怎麼辦呢？丹丹正在發愣。這時候，媽媽進來了，說道："我的丹丹長大了，也開始懂事了……"

丹丹想到媽媽肯定是要責備她，便低下頭，不吭聲。

媽媽見了，噗哧一笑："幹嘛這麼沮喪呢？給你寫小紙條的一定是個男生吧？交朋友是很正常的事情呀！我想，我女兒願意與他交往的男生一定是優秀的……"

主題要集中

丹丹覺得有點奇怪，抬起頭來看了看媽媽。

“男生和女生本來就應該在一起快快樂樂的……只是，丹丹這麼大了，應該知道學習才是最重要的。媽媽希望你們一起努力，一起成長，成為好朋友。要知道，這可是很美好的一件事呢。”

看着媽媽那充滿慈愛和信任的目光，丹丹笑了，重重地點了點頭。

文章集中圍繞着小紙條這個中心內容來寫的，把丹丹在收到小紙條後的羞澀、不安，與發現媽媽看到小紙條後的慌張、心情忐忑等細節，都描寫得傳神入微，從而使人物形象顯得更為鮮明。媽媽的開通和信任，不僅使丹丹如釋重負，而且很自然地揭示出校園裏男生和女生之間正常的社交往來，是一件非常美好的事情。同時，還傳達出這樣的教育意義：男女之間“交朋友”是“好事”，但“學習才是最重要的”。也就是說，全文的中心是：在校學生應該在學習與談情之間作出平衡，應該以學習為主，不要因“交朋友”而影響學習。

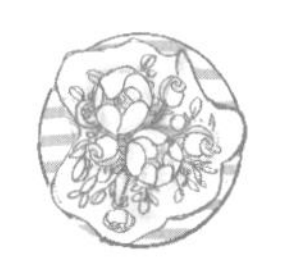

偶遇

嘉嘉

小嘉從書店買完書出來，正往車站走去，突然發現前面有個背影，很像是她……他心裏一動：她也來坐車麼？

她是他們班的一個女生，每逢考試，總是和小嘉輪流得第一名，他們暗底下更較着勁。班上有同學笑話他倆把第一名的“寶座”給壟斷了。不知從甚麼時候起，小嘉就開始留意她的一舉一動。他發現她喜歡看書，有時候看着看着她會一個人輕輕地笑，嘴角微微翹起；有時候她又看得很傷心，面對着書本悄悄地流淚。她一旦沉浸到書裏，好像整個世界都不存在了。小嘉很好奇，甚麼書有這麼大的魅力？有一次趁她不在的時候，他走近她的書桌，偷偷瞄了一眼書的封皮——是海明威的《永別了，武器》。這也是他很喜歡的一本書。怎麼，他們竟喜愛着同一個作家，同一本書麼？

現在，她在前面走着，提着一個大包，很沉重似的，走得有點吃力。他的手握緊了又鬆開——該不該叫她呢？可是……他覺得自己真沒出息，還沒開口，心已經撲通撲通地跳了起來。這時，她停了下來，把包放在地上，大口大口地喘着氣。

小嘉暗罵自己：怎麼搞的，不就是幫幫忙嘛，有甚麼難為情的？想到這裏，他幾步跑過去，問道：“要幫忙嗎？”

主題要集中

話才出口，他的臉刷地紅了。

她沒想到他的出現，愣了一下，甜甜笑道：“好啊，謝謝你啦，一起走吧。”

他為她提着包，一路上，他們聊了很多，關於學習、夢想，關於童年的趣事……原來，他們有着這麼多的共同點。一陣風吹過，她的髮絲輕輕拂過小嘉的臉，留下一股幽幽的清香。小嘉忽然覺得人生是如此美好，真希望這條路可以和她一直走下去，走下去……

本文主題突出。文章以《偶遇》為題目，將小嘉的內心活動變化，作為敍述線索，有條不紊地展開，結構嚴謹，所以，人物形象生動飽滿。同時，出色的心理描寫更是本文最大的亮點。文章通過描述小嘉關注女同學看書時表情變化，以及小嘉矛盾心理等細節，體現出男女之間正常的美好情感，有力地說明了“愛情的基礎，需要建立在共同的興趣愛好上”這一主題。而文章的結尾韻味悠長，女生的髮絲輕輕拂過小嘉的臉，一個不經意的小動作，「一陣風吹過，她的髮絲輕輕拂過小嘉的臉，留下一陣幽幽的清香」，就撩動了小嘉的心。

下 棋

方芳

“你又輸了！”

瞧他那“氣焰囂張”的樣子，小雨一百個不服，馬上重新擺陣，邊擺邊叫：“再來！再來！我就不信贏不了你！”

這是小雨和明明下棋時常出現的情景。因為兩個人都喜歡下象棋，所以經常放學後一起“廝殺”一番。不過，通常都是明明贏，小雨輸得很慘。更可氣的是，每次贏棋後，明明還會故意擺出一副“勝利者”的樣子，對小雨說：“看吧，你們女生下棋就是不行……”

可是最近，不知怎麼了，明明不再像以前一樣和小雨下棋了，對她很冷淡，還故意躲開她。一次，小雨不小心撞了他一下，他馬上紅了臉，看都不看她一眼就慌亂地跑開了。小雨覺得很奇怪，決定今天放學後問個明白。

放學鈴響，其他同學走了，明明被小雨“堵”在了教室裏。

“最近你怎麼不找我玩呢？”

“……”

“你不喜歡和我玩？”小雨有些傷心。

“不是啦，”明明慌忙解釋，“是……”

“嗯？”

“班上同學説我倆……哦，我最近學習比較忙，而且……”明明撓了撓腦袋，語無倫次地説着。一抬頭，剛好看見小雨那雙烏亮的眼睛，馬上耳根都紅了，只好低下頭去。

一頭霧水的小雨越發覺得奇怪，眨着眼睛想了半天，忽然一拍腦袋：“啊，是謠言……”她也開始不好意思了。不過，不知為甚麼，心裏卻甜絲絲的。她抿着嘴笑了一會兒，突然朝明明“吼”道：“從明天起，繼續跟我下棋，我一定要贏你，哼，看你往哪兒逃！”説完，滿臉通紅，飛快地跑開了，還邊跑邊哼着歌兒呢。

文章以兩個主人公的共同愛好——“卜棋”為中心，圍繞明明的變化展開情節，結構緊湊，人物性格鮮明。文筆含蓄而不失活潑，開頭寫明明“氣焰囂張”，後面寫他“不再像以前一樣和小雨下棋了，對她很冷淡，還故意躲開她”，回答小雨的話時還“語無倫次”，這就深化了主題：互有好感的男女生之間，會因為謠言而疏遠，但背後卻藏着那種羞澀而美好的情感。此外，文章描述這種朦朧情感的火候，把握也比較到位，點到即止，給人留下相像空間和思考餘地。

畫中的女孩

周其琳

小剛每天都去畫室學畫。每次去，他都坐在南邊靠窗的一個位子上。奇怪的是，坐對面那個女生也一樣，每天早去晚走，都在固定位子上架起畫板。她看起來很秀氣，眼睛總盯着畫，很少抬頭看誰一眼。倒是小剛經常不自覺地注意到她的一些小動作，比如皺皺眉，拂拂頭髮甚麼的。

時間長了，女生也發現，對面總是坐着同一個男生。於是，兩個人目光相遇的時候，會很有默契地笑一下，但誰都沒有開口說話，而是立即低下頭，畫自己的畫。

有一天，小剛對面的位子空着，女生沒有來。他心裏有些失落："她怎麼了呢？是生病了嗎？"一整天下來，他沒有心思畫畫了，不停地想着這件事情。第二天，小剛一邊畫畫，一邊滿心期待地望望門口。可一直到畫室快關門了，女生還沒有來。

從那以後，很長一段時間，小剛都沒有見到女生。直到有一天，他從畫室出來，剛好撞上她。兩人愣了一下，立即對視而笑。正當女生擦身而過時，小剛開口道："等等……"

女生看着他，眼神裏帶着疑問。

小剛很快地將一幅畫翻了出來，遞過去，說："送給你。"

女生接過來一看，只見畫中的女生大大的眼睛，高挺的鼻子，秀麗的臉盤……她臉上的笑凝住了。半晌，她輕聲說："謝謝。"然後也翻出一幅畫來，遞給小剛。

一看到那幅畫，小剛也呆了，這不是自己麼？側面的輪廓清晰而柔和，看得出畫畫的人很用心。原來……想到這裏，小剛抬起頭來，剛好遇上女生的眼神。兩個人拿着對方送的畫，會心、羞澀地笑了。

評語

愛情需要時間去培養，是本文的主題。這篇文章的兩個亮點：第一，運用生動的神態描寫，展現出小剛和女生之間從陌生到相熟的過程。第二，運用深刻的心理描寫，如"他心裏有些失落：她怎麼了呢？是生病了嗎？"，將小剛對女生沒有來時的失望表現了出來。作者圍繞畫室學畫這一線索去寫，讓讀者看到，"襄王有夢，神女也有心"，小剛和女生因為經常在一起畫畫而慢慢注意到對方，並彼此產生了好感。文章人物形象飽滿豐富，具有感染力，讓人感同身受。

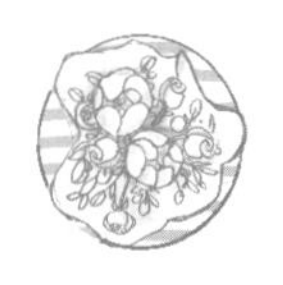

愛情的力量

陸志明

“媽，您歇着吧，讓我來餵……”剛走進病房，小雲就聽到了媽媽的聲音。

“不不不，你工作了一天，也累了，還是讓我來吧……”這是奶奶說的話。

怎麼回事？原來，爺爺病了，很嚴重，吃進去的東西不停地吐出來，可又不得不餵他。媽媽怕奶奶辛苦，想要代她餵；可奶奶執意不肯，就又把碗給搶了過去。兩個人爭了一會兒，沒辦法，媽媽只好讓開了，和小雲站在一邊看着。

只見奶奶舀起一勺粥來，先在嘴邊吹了吹，看看燙不燙，然後伸到爺爺的嘴邊，輕輕地說：“來，張開嘴……”

爺爺望着奶奶，嘴唇蠕動了一下。

“對了……乖，就這樣，再張大一點……”奶奶一邊像勸小孩子似的勸着爺爺，一邊緩緩地將勺子裏的粥送到他嘴裏。爺爺則眼睛一動不動地看着奶奶，努力張大嘴。奇怪，這次的粥沒有再被吐出來，爺爺都吞下去了，大家臉上都露出了開心的笑容。

就這樣，一勺一勺地，大概過了半個小時，終於，碗裏的粥都餵完了。奶奶輕輕地問道：“還要不要？”爺爺搖了搖頭。奶奶放下碗，拿出手絹，小心地擦了擦爺爺的嘴，說道："好好休息啊，不要多想，有我在這兒呢……"

這時，小雲發現，爺爺眼角的淚悄悄地流了下來——他的視線一直沒有離開過奶奶。這，大概就是愛情的力量吧。而媽媽，扯了扯小雲的衣角，朝門口指了指。小雲會意，兩個人一同走了出去，然後輕輕地掩上了門。

文章圍繞"愛情的力量"這一主題，通過細微的動作描寫、神態描寫與生動的語言描寫，展現出爺爺和奶奶之間的深厚感情。本文情節緊湊，真摯感人。文章通過描寫奶奶給爺爺餵粥這件小事，勾勒出人物的性格特徵。作者注意從細節入手，如"舀起"、"吹了吹"、"伸到"、"輕輕地說"、"送到"、"放下"、"拿出"、"擦了擦"等動作描寫，使人物感情變得真實而富有層次感，突出了奶奶在老伴生病的時體貼入微，無微不至地照顧，說明愛情的力量發揮的作用。

因為喜歡

何其妙

每次她心情不好的時候，總會打那個熟悉的電話：“喂，你現在有空嗎？”

而對方永遠都是說：“有啊，怎麼啦？”

“沒甚麼，想跟你聊聊……”

然後就是他的建議：在電話裏聊還不如出外聊，那兒有花有鳥有陽光，心情多燦爛啊。於是，約好地點，半個小時後他們相見了。

他們是從小一起長大的朋友，熟悉對方就像熟悉自己的左右手。她從來不覺得自己找他會打攪他，他也從來沒有拒絕過。只要發現她坐在自己身邊不說話，他就知道她心情不好了，就會想盡各種辦法讓她開心，買冰淇淋啊，做鬼臉啊，說笑話啊……因此每一次，她都是敗興而來，盡興而歸。

終於有一次，她問他：“每次我都跟你說些不開心的事，你不煩麼……”

他笑着在自己肚子面前畫了條大弧線：“呵呵……我大肚能容天下事……”

可細心的她發現，在他炯炯的眼神裏有着某種東西，到底是甚麼呢？她沒有多問，疑疑惑惑便回了家。

不久，她就發現了他的秘密。她跟他借了本書，翻到某

主題要集中

一頁時，發現裏面有一段話被重重地畫上了幾道紅槓："因為喜歡，所以願意用心聆聽對方細細碎碎的瑣事；因為喜歡，所以願意包容對方的煩擾；因為喜歡，所以願意盡最大的努力使對方快樂和幸福……"

她終於明白了，為甚麼他從來不拒絕她的訴説，為甚麼他總有辦法驅散她的憂愁，為甚麼他的眼裏總有着一種説不清道不明的東西……想想他所做的一切，她的眼睛濕潤了，拿起筆，在那一段的後面寫上："因為喜歡，所以我們一直在一起，將來也是。"

文章文筆流暢生動，主題突出。文章以《因為喜歡》作為標題，對兩人情感的發展變化，寫得具體、真實。因為"他"和"她"對愛情有着相同的體驗與領悟，因而才能"一直在一起"。也正是"因為喜歡"，他對她的時時煩擾也百般容忍，笑顏相對。文章裏，他在書頁上用排比句式所做的表白，一氣呵成，具有渲染力，也富有哲理，能引起讀者的共鳴和深思。

平凡中的真愛

孫六兒

媽媽平時總愛嘮叨爸爸丟三落四，不是把襪子穿成了一樣一隻，就是忘了這，忘了那；說爸爸只有在工作的時候，才像變了一個人，滿臉嚴肅，一絲不苟。

這不，媽媽整理爸爸的襯衣的時候，又開始嘮叨了：“看…看…看！挨着的兩粒紐釦都掉了，也沒見你吭一聲，還穿着出去上班……”

站在一旁的爸爸聽了，不好意思地笑了笑。

沒辦法，媽媽只好找出針線，想把紐釦縫起來。不過，媽媽的眼睛不太好，她把針舉起來，對着光線亮一點的地方穿線，可穿了好幾次，線還是進不去針眼。爸爸見了，說：“讓我來吧……”

媽媽歎了口氣，遞給他。爸爸一下子就把線穿進去了。

接着，媽媽一邊飛針走線，一邊仍是“數落”爸爸：“都這麼大年紀的人了，怎麼還糊裏糊塗地穿着沒紐釦的衣

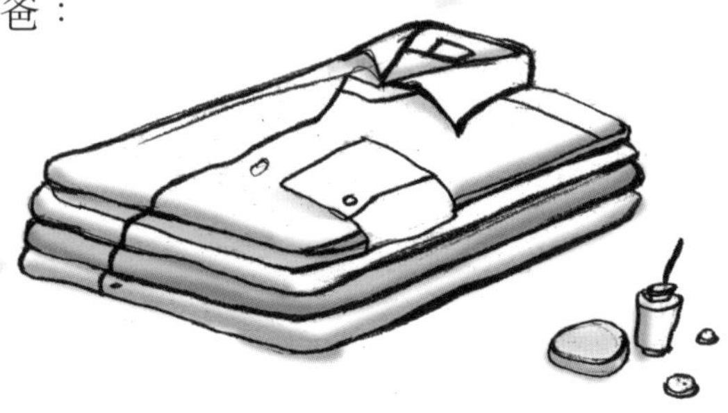

主題要集中

服……”這時只聽媽媽“哎呦”一聲——原來針戳破了媽媽的手，出血了。

爸爸一步竄了過去：“怎麼啦？我看看……縫東西就別説話嘛……痛吧？”説着説着，爸爸準備用嘴抿媽媽的手。

媽媽一把推開他，朝我努努嘴：“別讓孩子看見，這成甚麼樣子……”

爸爸聽了，嘿嘿笑了兩聲，走入房間去找膠布……

過了一會兒，媽媽把紐釦縫好了。爸爸拿過襯衫穿上，站在鏡子前左看右看，笑道：“衣服有紐釦到底好看些……”看着他那滿意的樣子，媽媽也撲哧一聲笑了。

而正在一旁做作業的我，看到他們這一幕，心裏溫馨極了。兩個人之間的愛由絢爛歸於平淡，最終滲入到一點一滴的生活當中，大概就是這樣的吧。

文章從媽媽對爸爸的嘮叨入手，集中描寫媽媽為爸爸的襯衣縫紐釦這件事，並且抓住穿針和扎傷手這兩個細節敍述，展現了兩個人之間的互愛，主題單一。媽媽對爸爸嘮叨，文章從側面反映了父母之間的“平凡中的真愛”，構思巧妙，也深化了主題：愛情雖由燦爛逐漸歸於平淡，但最終會在生活中的一點一滴體現出來。文筆生動活潑，讓人讀了忍俊不禁。

在雨中

丁丁

天下雨了。糟了，沒有帶傘，小晴想道。眼看身邊的人都走光了，她也衝進了雨中——大不了回去洗個澡，換下衣服。她的性格向來直來直去的，明朗爽快。

“喂——”有人叫她。

她回過頭去，見是飛鳴，那個籃球打得很好的傢伙。他撐着傘跑過來：“你這樣會感冒的！”

“要你管！”小晴望着高出她一個頭的飛鳴，沒好氣地說。

“到底是‘小辣椒’啊，惹不得！”飛鳴笑了。傘並沒有移開，還撐在她的頭上。

小晴覺得奇怪了，很多人都會被她一眼“瞪”走了啊，怎麼飛鳴……不過，這樣也不壞，跟飛鳴在一起，有點甜甜的感覺。這麼想着，“啊嚏！”小晴打噴嚏了。

“不行啊，你着涼了呢……”飛鳴說着，將傘往小晴那邊挪了挪，一會兒，自己卻大半邊身體都濕了。

一陣風吹來，小晴身體抖個不停。飛鳴想用一隻手去摟住她，卻又不敢，往後縮了縮。小晴臉紅了——好丟臉哦，可身體還在瑟瑟發抖。氣氛有點尷尬。

“其實……其實，你挺好的……”飛鳴有點語無倫次。

小晴低下頭去，不説話——你們不是叫我小辣椒麼？

飛鳴也沉默了。過了半晌，小晴只覺得他的手輕輕地伸了過來，攬着她的肩，她的頭更低了。兩個人在雨中走着。一會兒，小晴只覺一陣暖意傳過全身——手腳終於不抖了。

到她家了，飛鳴笑道：“好啦，就‘護送’你到這裏了。”

小晴又臉紅了，説道：“你得意甚麼，你……我走啦。”轉身才走了幾步，又忍不住回過頭看他一眼。

只見他站在雨中，朝她嚷道：“下次記得帶傘啦，傻瓜。”説完，走出幾步遠，冷不防朝她做了個投籃的動作，兩個人都笑了。

文章截取“在雨中”這一生活場景，集中主題，寫飛鳴為小晴擋雨，用手攬着她的肩給她溫暖這件事，生動地展現出了少男少女之間那種朦朧而自然的情感。小晴的“兇”，與她的“小辣椒”稱號名實相符；而飛鳴撐傘時的表現，也體現出他的細心與體貼；這些描寫，使得人物性格鮮明，讓讀者如聞其聲，如見其人。文章情節生動，具有很強的可讀性。

櫻花盛開的季節

龐玲

四月，校園裏的櫻花已經開得如火如荼。風一吹，碎碎的花瓣便悠悠地飄下來，落在行人的頭上、衣服上，如同一場盛大的花雨。小艾每次走過櫻花樹下的時候，都忍不住伸出手去接住那些花瓣，湊近聞一聞，感受那種淡淡的清香。

小艾的生日也在這個櫻花盛開的季節，明天就是了。只不過，她不喜歡張揚，知道的人極少。她原以為生日會很平靜地在學校度過，誰知，第二天放學，當她和幾個同學跟往常一樣有說有笑地經過櫻花路時，卻發生了一件讓她意想不到的事。她們走着走着，忽然發現前面很多人，圍了一圈，不知道在看甚麼。她們走了過去。一看，小艾臉紅了。只見地上不知誰用花瓣圍成一個很大的心形圖案，裏面砌了幾個字：“小艾，生日快樂！”旁邊的同學驚訝道：“原來今天是你生日啊？”接着，又向她打趣地說：“看，很用心呢！”

小艾的臉更紅了，輕罵道：“去你的……”可心裏又想：“是誰呢？誰知道我今天生日？”想來想去，只有住在同一棟樓的曉飛可能性最大。可他跟女生說話的時候連頭都不敢抬，怎麼會……她忽然記起下午上課的時候，她跟同學借橡皮擦，一回頭，發現曉飛正出神地看着她。她當時覺得

很奇怪，現在想來，原來是這樣！這一下，她的心馬上慌亂起來，怎麼辦呢？

晚上在家，她翻來覆去睡不着，老想着白天的事情，一會兒想想曉飛，一會兒想想那美麗的櫻花心形圖案。可是，快要期中考試了啊，她說過要給媽媽一個很大的驚喜的。如果，如果……她一定會很後悔。想到這裏，她的心漸漸平靜下來——她知道自己該怎麼做了。

文章開頭文筆清麗，描繪出一幅四月櫻花漫舞的美好畫面，給下文情節的發展，定下了很好的基調。文章圍繞小艾在看到用櫻花花瓣圍成的心形圖案後的內心活動，真實地展現出情竇初開的少女，在面臨愛情時羞澀、慌亂的複雜情感。而文章結尾，小艾在愛情和學習之間所作出的抉擇，表明此文具有一定的啟示意義：學生的任務是學習，而不是談戀愛，應該把握好分寸，以學習為重，把心思放在學習上。這也正是本文的惟一主題。

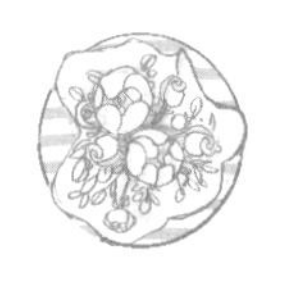

和媽媽談心

張 晴

小東發現，同桌蘭蘭最近話少了，經常一個人偷偷地流眼淚。小東問她原因，她又不肯說。後來，聽住在蘭蘭附近的小雲說，蘭蘭的爸爸媽媽離婚了。看着蘭蘭不開心，小東心裏也很難過。他喜歡看到蘭蘭臉上的燦爛笑容。

回到家裏，小東問媽媽："兩個相愛的人結了婚，為甚麼後來要離婚呢？"

媽媽正在做菜，聽到小東問這樣的問題，覺得很奇怪，反問道："你怎麼問起了這個？"

"蘭蘭的父母離婚了，她很傷心。"

媽媽"哦"了一聲，回答道："因為他們不愛對方了。"

"可他們結婚的時候不是相愛的嗎？"

"愛並不是一成不變的，如果人們不用心去呵護的話，它就會慢慢變質。"媽媽認真地看了看小東，又說"兩個人的相處，關鍵在於要彼此理解和寬容。"

小東聽了，沉思了一會兒，又問道："可怎麼才能做到這一點呢？"

媽媽笑着摸了摸小東的頭，說："打個比方吧。愛情就像兩個人在跳舞一樣，只有你進一步，我退一步，或者你退一步，我進一步，相互配合好了，才能把舞跳好；如果兩個

主題要集中

人都不肯相讓，就會踩到對方的腳。這，等你以後長大了自然就明白啦。”

小東翹起嘴，嘟噥道：“可蘭蘭很傷心呢。”

這一回，媽媽蹲了下來，望着小東的眼睛説道：“你安慰安慰她，説雖然爸爸媽媽離婚了，但他們對她的愛是不變的。她依然可以和別的女孩子一樣，得到爸爸媽媽的愛，快樂成長……”

看着媽媽那期待的目光，小東點了點頭。他想，等他長大了，他一定好好地照顧蘭蘭，讓她每天都快快樂樂的，不再那麼傷心——這時，他腦海中浮現出蘭蘭穿着雪白的舞裙，不停地旋轉的情景，臉上露出了純真的笑容。

評語

文章大量運用對話描寫，交代了小東通過和媽媽談心解除了心中的疑惑，集中地表現了文章的主題：圍繞結婚、離婚和愛情之間的關係，媽媽明確地告訴小東愛情是建立在相互理解和寬容的基礎上的；並以跳舞為例，說明只有在生活中互相配合好了，才會有幸福的婚姻。文章緊扣主題，層層深入，很有說服力。

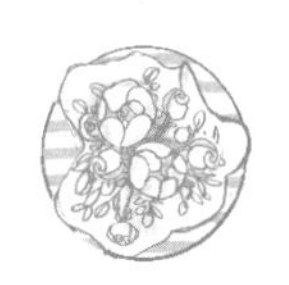

表哥“失戀”了

陳秀芳

表哥“失戀”了，他把自己關在房間裏很久了。

“表哥，開開門。這道題我不會，明天要交給老師的。”我找了個藉口來哄表哥開門，想看看他怎麼了。

在我的哀求聲中，門終於開了。坐在書桌邊的表哥，神情有些黯然。我遞上我的作業本，問道：“‘我本將心向明月’的下一句是甚麼？”

表哥一愣，繼而回答：“是‘奈何明月照溝渠’。”答完這道題，表哥臉上的陰鬱好像有些褪色。“這句詩含蓄地表達了一腔真情意，卻不受人重視，沒有得到回應的感受。比如你喜歡一個人，但是對方卻只是把你當成一般的朋友。”表哥由此打開了話匣子。

“這句詩很適合用來形容我現在的情況。”表哥自嘲似的笑了起來，“每次跟她在一起的時候，我總是覺得很開心，我希望這份快樂能永遠持續下去。但是我被她拒絕了，她說我們只是好朋友。當時我很沮喪，現在仔細想想，她說的是對的。我們是工作上的好伙伴，也有很多相似的興趣愛好，相處總是很愉快。我以為這就是愛情了，沒想到這是我的一廂情願。”

聽着表哥的敍述，我鬆了一口氣，原來表哥也明白了這

主題要集中

只是一場誤會。我正準備鼓勵鼓勵表哥，他卻抓着我的手臂笑了起來：“小妹，我竟然自以為是地把愛情和親密的友情搞錯了。小妹，你要記住，親密的伙伴會讓你的生活變得有情趣，但是有時候這樣的生活不一定是愛情的作用。”

我似懂非懂地點點頭，問：“那甚麼是真正的愛情呢？”

表哥拿起我的作業本，說：“看，泰戈爾寫過一句詩：‘愛是亙古長明的燈塔，它定睛望着風暴卻兀不為動；愛是充實了的生命，正如盛滿了酒的酒杯’。還得加一句：愛情，不是單方面、一廂情願的，必須是雙方面，彼此情投意合，都愛着對方的。哎，和你說這些你也不懂，你還是好好學習吧。”說完，笑着走了出去。

評語

本文主要通過對話來交代故事情節，表達文章主題。“我”故意借請教功課之名去接近“失戀”的表哥，卻發現表哥已經醒悟過來，還告訴“我”真正的愛情是心靈的相契相合，“愛情，不是單方面、一廂情願的，必須是雙方面，彼此情投意合，都愛着對方的”。這正是文章的主題。最後寫表哥“笑着走了出去”，是暗指表哥已經走出情感的迷宮，得到了解脫。人物描寫自然真實，有很強的立體感。

薇薇的苦惱

姚樂兒

薇薇有些苦惱，突然覺得她的生活出現了前所未有的問題。

薇薇和小風是鄰居，也是好朋友。一直以來，她和他一起上課，一起回家。臨近考試的時候，還一起去屯門公共圖書館的讀書室裏溫習功課；薇薇幫小風補習英文，小風幫薇薇補習物理和化學。小風很喜歡打籃球，每次他打球的時候，站場邊的薇薇都會給他拍手鼓勵。薇薇很喜歡看漫畫，小風總是幫薇薇搜集一些很流行的漫畫書。薇薇本來覺得這也沒有甚麼不好，只是當周圍的同學拿他們開玩笑的時候，她心裏就迷惑了。

“他們是在拍拖嗎？”“肯定是的。他們總是形影不離。”“那當然啦，你們沒有發現薇薇看小風的眼神有點不同嗎？”同學們嬉笑着，你一言我一語地議論着。他們說的話，都被薇薇無意中聽到了。

薇薇沉默了，不知道要怎麼解釋。幾天下來，薇薇都悶悶不樂。

“薇薇，我發現了一家新開的漫畫書店，裏面有很多你喜歡的漫畫。”一天，小風像往常一樣來找薇薇。

看着小風清澈的眼神，薇薇似乎有些明白了，但是心情

卻依然忐忑。她小心翼翼地問："小風，我看你時，我的眼神有甚麼不一樣嗎？"

小風一楞，想了想，説："你看我的眼神，和我看你的眼神是一樣的啊。你看我看你的眼神，有甚麼不一樣嗎？"

聽着小風好像繞口令一樣的回答，薇薇忍不住笑了，心裏那些待解的迷團，突然覺得不那麼重要了。雖然流言讓友情蒙了一層白紗，但是在相處中獲得的快樂，總能撫慰單純的心靈。

是的，在薇薇和小風懵懂的青春裏，友情和愛情的界限不太清晰，朦朧的曖昧情感，總是容易惹來各種猜測。其實為了那份青春的美好，面對閒言閒語，他們保持清澈的眼神和純真的心靈，是最好的。

本文的筆墨，集中花費在突出"正確划分友情和愛情的界限"這個中心上，典型地表達了青少年朋友在相處時遇到的困惑。本文一開始就對薇薇和小風的交往進行直接描述，接着寫流言使薇薇對友情的真諦產生了不解，最後寫小風的話將薇薇的疑惑掃除了。文章語言流暢，人物表現自然。主題表達得直接，因為有時友情與愛情的界限模糊，如果兩個人來往過密，常常會惹來猜測。如果彼此間的感情是純真的話，根本無須理會閒言閒語。

突然的興趣

鄧比

清晨的公園，籠罩着一層薄薄的霧氣，空氣中彌漫着清新的青草味，沁人心脾。很多人都在享受着晨運的樂趣。然而，小海卻沒有這樣的閒情逸致，一副睡眼惺忪的樣子，心不甘，情不願地拖着身體在“慢跑”——每一步都很慢。

這個暑假一開始，身材肥胖的小海就被爸爸強制出來晨跑。想到一個漫長的暑假每天早晨都要起來跑步，小海不禁深深地歎了一口氣：“唉……”

就在小海那句長長的歎氣還沒落下時，耳邊響起了一個清脆的聲音：“嗨，跑不動了嗎？”小海順着聲音一回頭，映入眼簾的是一張充滿朝氣的臉龐和一個微笑。原來是家也住在同一個社區的莎莎，她是小海同級不同班的同學，還是一位班長。小海早就對莎莎有好感，可從來沒有這麼近距離地端詳過莎莎，“砰…砰…砰……”小海突然聽到了自己的心跳聲。

小海霎時來了精神，和莎莎並排跑着。可是，沒跑多遠，小海氣喘吁吁地停下了腳步：“不行了，我跑不動了。”

“你平時運動不多，所以你還不知道怎麼樣在運動中調整呼吸。你看，像我這樣，一呼一吸，都要配合身體的運動。來，跟我試試。”莎莎熱心地當起了教練，在小海面前做起

主題要集中

了示範。小海偷偷地打量着莎莎，發現她額頭上滲出細細的汗珠，在朝陽的照射下顯得晶瑩剔透。因運動而變得紅潤的臉龐，充滿自然和健康的氣息；嫣然一笑時，她臉頰上小小的酒窩十分可愛。所以，這個早晨很快過去了。

第二天早上，小海不用爸爸督促，一個人早早地來了公園，開始了準備運動。因為莎莎跟他説過，跑步最重要的是堅持，以及從心底對運動的喜愛。而且，她會每天早上陪他一起跑。想到這裏，小海莫名其妙地興奮起來。

“莎莎，早安啊。”小海開心地叫着遠遠的莎莎。不知不覺中，他已經愛上了跑步。

評語

本文主要以對比手法，輔以對話描寫，生動而又集中地表達了文章主題。文章通過描述小海對晨跑前後不同的態度，把小海之前的不甘願和之後興奮自願的表現進行對比描述，突出地表現了小海對莎莎的感情。主題表達雖隱蔽，但重點在指明：愛慕的情感力量大，能夠使人心甘情願去做他不喜歡做的事。就如文中的小海，正是因為受到莎莎的鼓勵，“跑步最重要的是堅持，以及從心底對運動的喜愛”，“她會每天早上陪他一起跑”，所以小海才會“愛上了跑步”。

不是愛情的錯

王約翰

一個下着雨的下午，我和媽媽品嚐着剛出爐的餅乾，一邊隨意地聊着天。

“媽媽，愛情是甚麼？”

“嗯，這個很難用詞彙去描繪它，當你遇到了，你自然會明白。那是一種很美妙的感覺。”

媽媽的回答雖然有些含混，但是並不妨礙我繼續發問：“你和爸爸當初是因為有愛情而在一起的嗎？”

“是的。但是後來……你知道，我和你爸爸的個性並不適合一起生活。”媽媽一邊説，一邊觀察我的反應。我知道，媽媽很擔心她和爸爸並不美滿的婚姻會影響到我。

“那我還應該相信愛情嗎？”我刻意避開媽媽的不安，繼續發問。

“婷婷，你當然應該相信愛情。等你再成熟些，也會遇到令自己心動的男生，也會戀愛，也會步入婚姻的殿堂。你會感受到愛情所帶來的歡欣。我和你爸爸當初的愛情也是很美好的。當時我們都覺得很幸福，所以我們才會結合，才會有你的存在。但是，人隨着年齡的增長，感覺會發生變化。愛情中的兩個人，因為對生活的態度發生了很大的分歧，意見變得不一致時，愛情就不能成為兩個人一起生活的理由了。

主題要集中

但是，這不是愛情本身的錯，你不要因為我和你爸爸婚姻的失敗，就不相信愛情。”媽媽認真地看着我，極力想要給我信心。

“婷婷，不要對愛情失望，每個人都有機會享受愛情的美好。愛情的到來是很自然的，不要刻意地去期盼。愛情來得太早或者太遲，都要付出很大的代價。所以，你能做的就是保持一份對愛情的美好企盼。等到在正確的時間和正確的地點，遇到屬於你的愛情主角，並在愛情最成熟的時候，摘下它的果實。媽媽相信你會幸福的。”媽媽又說。

聽完媽媽的話，我突然明白了，對愛情不再困惑，也不再好奇，更不再失望。我的愛情之花，總有一天會如夏季的花朵般絢麗開放。

評語

本文取材新穎，通過刻意選擇一對母女之間的親密對話做內容，來表達文章主題：我們應該相信愛情，等待愛情，因為愛情是美好的，會帶給人幸福。文章整篇洋溢着愛，以母親對愛情的理解，對女兒解讀自己的婚姻，給人感覺十分溫馨、動人。從中，可以感覺到母親對女兒的呵護備至。而“我”向媽媽提出的幾個問題，既是聯繫文章上下內容的線索，有助揭示主題，也表達出了作為單親家庭的孩子，面對解體的家庭，父母離異所產生的對愛情的困惑。

小敏的秘密

莊玲玲

放學後，露露和小敏一起回家。半路上，露露忽然狡黠地笑起來："小敏，我發現了你的一個秘密哦……"

小敏正在吃冰淇淋，張着沾滿奶油的嘴問："甚麼秘密？"

"嘿嘿……要不你自己老實交代？"露露歪着頭看着她。

小敏被她看得心慌，漲紅了臉問道："交代甚麼嘛，有話快說！"

"那好，我問你，你對魯魯是怎麼回事？"

這回，小敏不吭聲了。眼前的冰淇淋也沒有了吸引力，一滴一滴地融化了掉到地上。魯魯——那個高高瘦瘦的男生，露露怎麼知道的？

見自己的"奸計"得逞，露露開心地笑了："我就說嘛，前幾天放學你怎麼都不和我一起走了，原來是去'跟蹤'魯魯了呀。你是不是喜……"

還沒等露露說完，小敏一把捂住了她的嘴巴，四周張望了一下，看到沒有熟人，才鬆了手，舒了口氣。

可露露還是盯着她。沒辦法，她只好吞吞吐吐地說："我……沒有啊，我只是碰巧去那兒隨便逛逛……"說到這裏，她忽然發現露露的眼神變得很"凌厲"，嚇得她吐了吐舌頭，轉口道："好了啦，我只是好奇嘛，他……他很好啊……"

主題要集中

“哦，是這樣。那他知道嗎？”

奇怪，露露甚麼時候變得這麼愛問長問短？小敏瞟了她一眼，搖了搖頭。

露露歎了口氣：“那怎麼辦呢，他都不知道。”

這時候，小敏忽然甜甜地笑了：“不需要他知道啊，只要能夠每天看他一眼，我就很開心了！你知不知道，那就好像在冬季所有的花兒瞬間都盛開了一般……”她沉浸在遐想裏。

旁邊的露露看了，似懂非懂地搖搖頭——那究竟是種甚麼樣的感覺呢？

文章開篇設置懸念，隨着情節的漸漸展開，小敏的秘密也漸漸浮出水面，展現出一個情竇初開的女生對於愛情美好的嚮往。這也非常清晰地表露出本文單一的主題。文章對小敏害怕露露把自己的心事洩露出去時的神態，刻畫得活靈活現，使得人物形象躍然紙上。而那種無需男生魯魯知道的“暗戀”，也真實地體現了女生單戀的羞澀。

第三章　主題要深刻

所謂主題要深刻，就是提煉主題的時候，不能就事論事，而要就事論理、就事論情，寫出一件事情的思想意義。

要做到主題深刻，就要花費挖掘的功夫。有些事情看起來意義不大，但一經發掘，就會發現它很有意義，這叫以小見大。比如，一個小朋友到超級市場裏買東西，收銀員多找贖給他五十元。開始，他很高興，一蹦一跳地走開了。但轉念一想，不屬於自己的東西不能要，於是他回頭走向收銀員，把五十元交回給她。這樣的事，看似很平常，但如果把這個小朋友的事，和他的思想聯繫起來分析，就可以發現，這種“不屬於自己的東西不能要”的想法，正是社會中所有大小公民應有的品質。如果大家都有這樣的品質，我們的社會就可愛得多，所以這個小朋友的思想和品格值得大力提倡。把這件事和它背後隱藏的思想意義寫出來，就是提倡這種思想品格的好方法。寫這篇文章，不同的人寫法會有所不同。如果只把這件事從頭到尾寫出來，就事論事，把文章的主題定為：把收銀員多找贖的錢要退回給人家，這就叫做主題不深刻。另一些人的寫法卻不同，他不但寫出這件事的整個過程，而且寫出這個小朋友的思想，同時指出這件事和這一思想的意義，這就叫做主題深刻。深刻和不深刻，是通過文章表達出來的，不是作者說深刻就是深刻的。

深刻的主題需要挖掘，挖掘的方法無非那麼四種。第一種叫做找出精華。小朋友向收銀員退回多找贖的錢，可能說過別的話，但“不屬於自己的東西不能要”這句話是精華所在。對這句話作分析闡述，就可以確定文章的主題。第二種叫做找出事實原因。比如那個小朋友之所以把錢退回給收銀員，有人說他是怕被父母責罰，有人說他是怕被人發現。我們經過調查，發現就是因為他思想上認為“不是屬於自己的東西不能要”，從而把這作為提煉主題的出發點。第三種叫做深入聯繫。由小朋友退回錢這一件事情，聯繫到他說的那句話，以致聯繫到他做的相類似的其它事情。最後一種挖掘深刻主題的方法，叫做從現象看本質。小朋友退回多找贖的錢是現象，他內心是怎麼想的才是這件事的本質。在面對題材的時候，作者如果能夠通過上述幾個方法，就能夠發掘有關材料的深刻意義。

要挖掘材料的思想意義，除了以上所講，要從小事情中看出大意義之外，還要從平凡中看出不平凡，從一般中看出不一般。要具有這些發掘主題的本領，需要在實際中不斷加強鍛煉，使自己認識事物的能力逐步得到提高。

文章題目	主題	挖掘主題的方法	題材要求
一輩子	人都希望與伴侶生活一輩子	找出精華	新穎
杜鵑花開	愛是一生不變的，從一而終	找出事實原因	真實
留一盞燈	要用行動表示愛	從現象看本質	新穎
思念	男女之間的關係有時介乎於友情與愛情之間	找出精華	典型
愛情感悟	戀愛會由盲目向理性發展	從現象看本質	新穎
雨天裏的回憶	暗戀是刻骨銘心的	從現象看本質	典型
媽媽的“秘訣”	愛的秘訣是比對方付出更多	以小見大	真實
長大了	戀愛也要懂得剎車	深入聯繫	典型
哥哥的婚禮	愛會令人羨慕，又令旁人產生憧憬	取其精華	真實
愛要學會放棄	愛要學會放棄	從現象看本質	真實
愛不是為了折磨自己	愛不是為了折磨自己	找出事實原因	真實
愛情需要經營	愛情需要經營	從現象看本質	真實
插曲	婚姻是溫馨的家園	從現象看本質	真實
合適就好	在門不當戶不對的時候更需要包容和體諒	找出事實原因	典型
合腳的鞋子	合適的才是最好的	深入聯繫	新穎

一輩子

馮小東

“注意啦！注意啦……”

姐姐的婚禮進行到一半，那個胖胖的司儀站在新郎新娘旁邊，扯着喉嚨朝台下喊道。

興奮的人們頓時停止說話，齊刷刷地將視線投向他。只見他笑得像一個羅漢似的，故意賣着關子，慢悠悠地說：“這次呢，我們的新娘為了給新郎一個驚喜，精心準備了一件禮物。大家猜猜，是甚麼？猜中有獎哦。”

“哇……”人群又開始沸騰了。過了一陣，有人叫道：“巧克力？”

司儀搖搖頭。

“同心結？”

“不是。”

我想了想，脫口道：“一個吻！”話音才落地，人們齊齊“噢”的一聲，恍然大悟，都期待地看着司儀。這時候，我發現新娘——我親愛的姐姐已經低下頭去，紅暈早佈滿了臉頰。一邊的新郎則笑着悄悄地湊近她，想探問一下，卻被司儀“啪”地一下擋開了。

“也不是。”

聽到司儀的回答，大家都有點洩氣，開始“抗議”起來：

主題要深刻

“到底是甚麼嘛，不好猜啦……”

這時候，只見司儀笑吟吟地拿出一個精美的盒子，遞到新娘手上：“還是請新娘自己揭曉吧！”

姐姐紅着臉，將盒子接過來，一層一層打開，拿出一隻印着她和姐夫結婚照的杯子，遞給姐夫道：“從今以後，咱倆就是一輩子（杯子）啦！”

聽到這句話，人們歡呼起來。只見姐夫接過杯子，激動得馬上將姐姐擁在懷裏，久久都不願意放開。最後，他握住姐姐的手，深情地說：“現在你是我的妻子了，我會愛你一輩子。”

姐姐的眼裏盈滿了幸福的淚水。看到這一幕，我心裏羨慕極了，憧憬着自己將來，也會有這麼幸福的一天，也會和自己愛的人相知相伴一生。

文章巧妙地利用“一杯子”和“一輩子”的諧音，通過描述婚禮上姐姐送給姐夫“一隻印着她和姐夫結婚照的杯子”這件事，既傳達出婚禮上的喜慶和甜蜜，更突出文章精華所在，從側面烘托出姐姐的聰慧與深情，反映了她對婚姻的美好願望：希望與姐夫生活一輩子。文章的主題有新意。文章以第一人稱“我”作為旁觀者，其視角和體會都比較容易引起讀者的共鳴，構思也新穎。全文筆觸靈動，人物性格鮮明，具有一定的感染力。

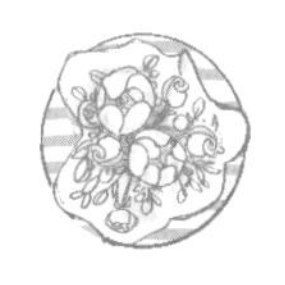

杜鵑花開

賈建明

週末，陽光燦爛。我剛吃過早飯，爺爺就笑眯眯地跟我說："妞妞，今天跟爺爺去辦件事吧！""甚麼事呀？""別問這麼多，去了你就知道了！"爺爺一臉神秘兮兮的樣子，與平日的嚴肅判若兩人。"那好吧！"我爽快地答應了。

出了門，爺爺一路哼着小曲，看來心情無比暢快。"爺爺，今天到底要辦甚麼好事呀？"我問。"到了就知道了！"爺爺依然保密。

沒一會，爺爺就帶我來到了目的地——花卉大市場。我更加丈二和尚摸不着頭腦了：我這個爺爺，甚麼時候開始喜歡花了呢？"老闆，有沒有盛開的杜鵑呀？"爺爺問道。"有呢！今年的杜鵑特別美！您這邊來看！"

順着老闆的指引望去，果然一大排杜鵑開得爭奇鬥豔。"不錯不錯，把這個……這個……這個都賣給我吧！"把花包好後，我們爺孫倆抱着一大束漂亮的杜鵑往回走。路上，爺爺還買了個漂亮的花瓶。

回到家，奶奶正在陽台晾衣服。只見爺爺捧着這束花走過去，送給奶奶說："老伴，今天是我們結婚三十六周年紀念日呀！向你求婚的時候我沒錢買玫瑰，就自己去摘了些杜鵑，今天依然送你這一大束的杜鵑吧，祝你永遠健康快樂！”奶奶真的被這個驚喜“驚”倒了，嘴唇動了動卻説不出話來。那一瞬間，我發現奶奶的臉上滿是幸福，眼裏含着淚花。

我也被感動了，最美的愛情，不是靠玫瑰點綴，而是那一聲自然的“老伴”，是那束盛開的杜鵑，是“執子之手，與子偕老”的執着。

文章通過記敍爺爺帶着“我”，去給奶奶準備特殊的結婚三十六周年紀念的禮物——杜鵑花這一故事，生動地印證了老人家對感情的執著和專一，促使“我”對愛情真諦，產生了更深的見解——最美的愛情，不是靠玫瑰點綴，而是那一聲自然的“老伴”，是那束盛開的杜鵑，是“執子之手，與子偕老”的執着。文章構思巧妙，語言平實，用小事情闡述了大道理，主題深刻。三十六年前，爺爺用杜鵑花向奶奶求婚，表示愛意；三十六年後，又送杜鵑花給奶奶作紀念，反映了爺爺對奶奶的愛，一生一世不曾減少過。

留一盞燈

何其嬌

爸爸是做電腦軟件開發的，經常一工作起來就沒日沒夜。最近，公司又接了一個新的項目，他幾乎天天加班到很晚才回家。

星期五晚上，我寫完作業，還跟媽媽一起看了一套動畫片。時鐘指向十一點了，爸爸依然沒有回來，只是打了個電話，要我們早點睡覺，說他們的項目今天完工，估計要到十二點以後才能回家。

“那我們先睡吧。”媽媽說。

“好的。”我有點無奈地答應了，準備去關燈。

“客廳那盞燈不用關了！”媽媽說。

“為甚麼呀？”我不解地問，“睡覺不關燈，那不是浪費電嗎？”

“呵呵，你爸還沒回來呢！你把燈都關了，他回來看不見呀！”

“那他自己再開一下就是了嘛！”我說道。

“傻孩子，留一盞燈，這樣他在樓下就能透過窗戶看到燈光了，就知道家裏有人還在等他回家啦！這樣他心裏也會覺得很溫暖，很踏實的。”媽媽跟我說。

“哦！原來是這樣！你是想通過燈光向爸爸表達愛意哦！

主題要深刻

哈哈！”我邊説邊向媽媽做了個鬼臉。

“你這個小鬼！”媽媽輕輕拍了下我的頭，有點害羞地笑了。

睡在牀上，我想：“原來一盞小小的燈，也代表着這麼多的關心和愛護。爸爸媽媽平時似乎沒有甚麼浪漫的舉動，但是通過這小小的細節，卻讓我覺得他們的愛情原來如此溫馨。等我長大以後，我的愛人也會為我留一盞燈，等我回家嗎？”

文章通過記敍一件日常生活中的小事“留一盞燈”，反映了爸爸媽媽之間的相互關心，相互牽掛。文章以燈光為話題，從媽媽要為爸爸“留一盞燈”這個決定，可以看出媽媽牽掛着還沒有回家的爸爸，細節描寫中蘊含着深意，散發出陣陣暖暖的情愛，説明了愛不是掛在嘴邊的，是需要用行動去證明的。“等我長大以後，我的愛人也會為我留一盞燈，等我回家嗎？”結尾的一句猜測，深切表達了作者對美好愛情的嚮往。

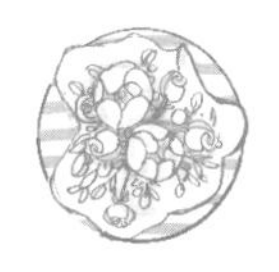

思念

杜暉

又是暑假的最後一天了。夕陽將最後一抹餘光，通過開着的窗戶折射到房間。我，就坐在窗前看着心愛的吉他發呆。我又在想念阿明了。

我跟阿明是從小到大的夥伴，兩人都喜歡音樂，夢想着有一天我們能站上最炫麗的舞台，彈着吉他演唱我們自己編的歌。我們都討厭數學，被那些複雜的公式煩得不行的時候，我們就會一起到海灘或是樓頂彈吉他，狂吼一通。

那是去年暑假的最後一天，我們一起在海邊度過的。“我們今天把喜歡的歌都唱一遍吧！”阿明說，然後輕輕撥動琴弦。於是，優美的音符便開始在他的指尖流轉，大家的歌聲也隨着海風飄向遠方。

唱到興起，他爬上石頭，開始扮演當代最閃亮的搖滾明星。而我，則是在下面扮做為他歡呼雀躍的支持者。我們的瘋狂引得好多人紛紛側目，但是我們卻樂不可支。

“以後，我可能就再也不能到這裏陪你瘋了。”唱完歌，我們坐在沙灘上，阿明說。

“為甚麼啊？”我的心突然往下一沉。

“因為我要出國了，手續都辦好了，過兩天就會走。”

“以後都不回來了嗎？”

主題要深刻

"我也不知道。"

我們都開始沉默。然後，我的眼淚掉了下來，我說："我捨不得你！"

"我會一直想你的！"阿明湊近我，細心地溫柔地幫我擦乾眼淚。我內心一陣悸動，因為他對我可從來沒有過如此親昵的舉動。

"我也會永遠想你的！"我哽咽着，順勢握住阿明的手壓在了唇上。我似乎也感覺到了阿明撲通撲通的心跳……

轉眼，一年過去了，思念依然如故。阿明，你甚麼時候能再回來陪我一起唱歌？

文章採用倒敘的手法，回憶了"我"與阿明在一起時的美好時光。對阿明的想念，既像是純潔的友情，又似是朦朧的愛情，反映了這個年齡階段男生女生之間最典型的微妙的情感變化。見"我"掉眼淚時，阿明可能有很多的反應，但作者別的反應不寫，只寫他"湊近我，細心地溫柔地幫我擦乾眼淚"。見到阿明這樣做，"我"也可能有別的反應，但作者寫道"我內心一陣悸動，因為他對我可從來沒有過如此親昵的舉動"。這種找出精華的寫法，就深化了主題，可以凸顯"我"與阿明之間介乎友情與愛情之間微妙的關係。

愛情感悟

黎彩儀

“你見 或者不見我 我就在那裏 不悲不喜

你念 或者不念我 情就在那裏 不來不去

你愛 或者不愛我 愛就在那裏 不增不減

你跟 或者不跟我 我的手就在你手裏 不捨不棄

來我的懷裏 或者 讓我住進你的心間

默然 相愛 寂靜 歡喜”

不記得曾經在哪裏讀過這麼一首詩，但是我看第一眼就喜歡上了，第一次感受到，原來文字也是真的可以穿透內心的。

半年裏，習慣了這樣的天各一方，我們沒有對彼此說過想念，我們從未斷掉聯繫，我們開始有各自的擔憂和彷徨。

半年前，每見到心儀的情侶手機鏈就會買下，惴惴不安地把其中一條送到你的面前。現在，則是自顧自地買給自己，而通過網路視頻顯擺給你看後是你的小抱怨。半年前，為了顯示自己姣好的身材，不顧寒流也要穿上單薄的衣裳，只為博得你的一句讚美。現在，再也不願為了美麗而忍受戰慄，會上網搜索，學些有關健康的知識……

你說你肯定不會在澳洲定居的，只要我等你 4 年，等你完成學業了就一定會回來娶我，還說你放暑假肯定會回來看我。我也說我一定會努力學習，有機會也會去申請一所澳洲大學的獎學金，還會戒掉喜歡亂花錢的壞習慣，要存好機票錢飛去澳洲，讓你帶我去遊覽……半年過去了，我的壞習慣依然沒有戒掉，去澳洲依然只是個計劃，而好不容易盼來的暑假你也沒有回來。但是靜下來，我們卻都能理解。“兩情若是久長時，又豈在朝朝暮暮。”不捨不棄，讓我們一起期待重逢，續寫未完的童話。

作者以自述的口吻，記錄了自己的一段心路歷程，細膩地傾訴了異地戀人的情懷。以詩開頭，又以詩結尾，用兩首詩歌表達了作者淡然卻堅定的愛情信念。文章主題揭示了作者對愛情的感悟，已經變得深刻成熟。文章通過把作者與戀人“半年前”與“現在”的情況作對比，如“半年前，為了顯示自己姣好的身材，不顧寒流也要穿上單薄的衣裳，只為博得你的一句讚美”，“現在，再也不願為了美麗而忍受戰慄，也會上網搜索，學些有關健康的知識”，從這種“半年前”與“現在”截然相反的舉止，透過現象可以看到作者改變的本質：戀愛最初是盲目的，但隨着時間的流逝、心理的成熟，認識的提高，人是會慢慢變得有理性的。

雨天裏的回憶

藍子芳

又是雨天。冒雨往家裏趕，經過一條狹窄的巷子時，前面一對共撐一把雨傘的男女擋住了我的去路。

這場景勾起了我對那個雨天的回憶。

高中時，早上步行到學校。有一天，我發覺每天總有一個陽光帥氣的男生和我同路。後來才知道，他叫李鋒，跟我住在同一個屋邨。

漸漸地，我喜歡上了早上的這一段從家裏到學校的步行時光。我知道這是因為甚麼。好幾次，我想跟他打個招呼，但始終還是沒能開口。

那天走着走着，忽然下起了大雨，還好媽媽給我準備了雨傘。撐開傘，我想起了李鋒：不知道他帶傘了沒有？抬頭往前看，看見他正冒雨向前急行。我追上了李鋒，羞怯怯，哆哆嗦嗦地把雨傘撐向他。可他卻沒有察覺，居然拔步跑了起來。我大叫一聲："喂，前面那個……那個沒打傘的男生，請停一下！"他停下來，回過頭看着我，疑惑地問："我嗎？"突然間，我懵在了那裏，緊張得講不出話來。他回過頭去，又準備跑，我馬上跑過去輕聲對他說："雨下得這麼大，我們打一把傘吧！"講完後，臉立刻漲得通紅。他竟然答應了，或許是因為當時的雨真的下得太大，或許是因為他

主題要深刻

不想傷害我的自尊心，或許……一路上，我們沒有講話，我的心卻一直砰砰直跳。

這以後，高中的每一個早晨，我們都是一起去學校的。而後，我們各自考上了不同的大學，畢業後又各在不同公司忙於自己的工作，終於沒有了聯繫。然而，在這樣的一個雨天，卻還是讓我想起了他，卻還是讓我記起了自己青春年少暗戀的味道：淡淡的，輕輕的，如春日裏的暖風，悄悄吹過，卻溫暖了我的心房……

文章思路清晰，題材典型，主題深刻。作者以插敘的方式，回憶了自己高中時一段情竇初開的往事。文章裏，“我喜歡上了早上的這一段從家裏到學校的步行時光”，“羞怯怯，哆哆嗦嗦地把傘撐向他”的舉動，以及“我的心砰砰直跳”等文字，都暗中告訴讀者：作者對李鋒有着微妙的情感。這裏用的是從現象看本質挖掘主題的方法。最後一句揭示了文章的主題：“卻還是讓我記起了自己青春年少暗戀的味道”，雖是“淡淡的，輕輕的，如春日裏的暖風，悄悄吹過”的，但“卻溫暖了我的心房”，正正說明了初戀，尤其是暗戀往往會使人刻骨銘心，常常回想。本文語言舒緩洗練，在不知不覺中將讀者帶入了作者的故事裏。

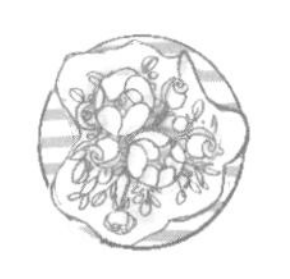

媽媽的“秘訣”

侯景成

戀愛的時候，我有一次帶女友回家陪爸媽吃飯。晚飯後，我準備帶女友去公園散步。也許是為了給爸媽留下個好印象，女友也叫上了兩位老人。

一開始，四個人都不知要說些什麼，覺得有些尷尬，有些拘謹。

在走一段下坡路時，爸爸拉着媽媽，說：“慢點走，拉着我的胳膊吧！你鞋底挺滑的，小心，別摔倒。”媽媽聽了，不好意思地笑着說：“我沒事！幹嘛在孩子面前這樣？”爸爸聽了，也難為情地笑了。

爸爸對媽媽的關愛，女友全看在眼裏，令她露出驚喜的神色。但那時候，女友不知道，我媽有腦溢血，以前不小心摔倒過，昏迷了好幾小時。爸爸自媽媽出院以後，每次和媽

主題要深刻

媽散步，他總會習慣性地牽着媽媽的手，不讓媽媽再摔倒。

我和妻子結婚後，有一次妻子問媽媽："您到底有甚麼'秘訣'讓爸爸對您這樣關愛有加？"媽媽笑而不答。

其實，平日更多的時候，是媽媽無微不至地在關心和照顧爸爸：爸爸在沙發上看報紙，媽媽會為他泡上一杯熱茶；爸爸喜歡看足球比賽，媽媽雖然看不懂，也會陪着爸爸一起看；爸爸早上在公園裏打太極拳，媽媽會在旁邊散步或當爸爸的忠實觀眾……

媽媽對爸爸的關愛，漸漸地，漸漸地，妻子也體會到了。

終是有一次，妻子笑着對我說，她已經知道了當初婆婆那個笑而不答的問題答案——媽媽的"秘訣"就是：被爸爸愛，就是比爸爸付出更多的愛。

這是一篇看似簡單卻寓意深刻的文章。作者取材頗有特色，寫愛情不從年輕人的身上着筆，而是取材於老一輩，也就是作者的父母。這樣就給文章添上了質樸真實的意味。文章裏的人物是"我"和妻子、爸爸和媽媽，其中爸爸和媽媽是主角。文章第三段以小見大，由爸爸的一個小小的動作，可以看出他對媽媽"關愛有加"。第七段也是以小見大，由媽媽為爸爸做的瑣事，可以看出她也很愛爸爸。這樣去抒發描寫，目的是讓讀者明白，愛的秘訣是比對方付出更多的愛，所以主題深刻，發人深省。

長大了

彭楚成

他是從甚麼時候開始喜歡上學英語的？他自己也不知道。一直以來，英語都是最讓他頭疼的科目。可是現在，他突然覺得那些蝌蚪樣的字母，老師會如行雲流水般灑脱地把它們寫出，拗口的語句從老師嘴裏讀出來，也會似歌曲般動聽。只要想起英語，他就會想起新老師那對漂亮的大眼睛，那抑揚頓挫的甜甜的聲音……他想起來了，他喜歡上英語課，就是從這個漂亮的新老師開始教他時開始的。他喜歡上她的課，喜歡看她的眼睛。想要引起她的注意，所以他開始努力記單詞，練發音，課堂上也變得活躍了。

他也覺得她注意到了自己，因為現在她上課的時候經常對他微笑，經常叫他回答問題；在路上遇見了，也總是開心地和他打招呼。但是，他卻不知道，這到底能理解為甚麼。是鼓勵？是欣賞？還是別的？

一個紅歌星就要開演唱會了。他知道她很喜歡這個歌星，但演唱會一票難求。於是，他請求在電視台工作的媽媽幫他買了兩張。於是，在一天放學的時候，他鼓起勇氣，漲紅了臉，對她説："××× 的票你想要嗎？"

她欣喜地看了他一眼，忙接過他遞來的一張票微笑了，又小聲問道："還有嗎？" 他愣在那裏，像是被雷擊似的，而後，忙把另一張也遞了過去。“謝謝！我明天再還給你錢。”她轉身走了，散披在肩上的秀髮在風中飄舞着。

演唱會那晚，他在體育館外面，打了三個小時電玩，為的是等她，然後送她回家。演唱會散場時，他看到她親密地挽着一個高大成熟的男人的胳膊，臉上露着甜甜的笑，坐車離開了。

他的心好痛，不是為了那兩張票，而是為了自己的第一次失落。他忍不住偷偷地哭了。這是他十四歲生日後第一次流淚，也是他第一次為了一個老師而流淚，一個自己為了她而改變的人流淚。“我一定要把英語學得更好！”他知道，他有了新的目標，“這完全是為了自己！”

文章寫了一件男孩因為暗戀上漂亮的英語老師而發生的事。文中，寫他由喜歡老師，變成喜歡英語，想借學好英語來引起老師的注意。老師對他的每一次微笑、每一次提問，都會引起他的聯想。但是，當鼓起勇氣請老師看演唱會的時候，他卻發現老師原來早已經有男朋友了。老師對他，其實跟對別的同學並沒有兩樣。所以，他的心痛了，“他忍不住偷偷地哭了”，後來也醒悟了，“我一定要把英語學得更好”，“這完全是為了自己！”。由此表明，他懂事了，成熟了，證明他是一個明智的人。文章深深地揭示了一個真理：喜歡上不該喜歡的人不要緊，要緊的是懂得及時轉彎，及時剎車，另尋大道。

哥哥的婚禮

朱美寶

哥哥結婚啦！

在他的婚禮上，我只覺得又甜蜜又惆悵。感到甜蜜，是因為哥哥終於找到他的“另一半”。看他那幸福的樣子，恐怕連夢裏都要笑出聲來。感到惆悵的是，是我和哥哥相伴十幾年，從小到大都是他“罩”着我的，可從今以後，我的身邊就少了一位“保護神”了。想到這裏，我不由得對嫂嫂產生了幾分“嫉妒”。

正當我在胡思亂想的時候，只見司儀——也就是我那個胖胖的表哥滿面笑容地問：“請問新郎，你是否願意和……”

誰知話還沒説完，只聽哥哥響亮地答道：“我願意！”

人們“嘩”的大笑了起來，新娘也笑得差點彎下身去。有人打趣地説：“老婆都進門了，還這麼‘猴急’……”

哥哥摸摸後腦勺，不好意思地笑笑説：“我這不就是因為緊張嘛……”

與他相比，新娘的回答就溫柔多了，她輕輕説：“我願意！”她望向哥哥的眼神無比堅定，無比幸福。我站在一旁看着，只覺得她臉上有一層淡淡的光暈，將她襯托得異常美麗——這，難道就是愛的神奇魔力嗎？

等到他們向客人們敬酒的時候，我站起來，端着一杯

主題要深刻

酒，說道："哥，從小到大，你一直是我心目中的英雄。每次被你寵着的時候，我總覺得自己是天底下最幸福的人……"說到這裏，我的眼睛濕了。我吸了一口氣，又說："現在，我得把這個幸福的'接力棒'移交給嫂嫂了……祝你們夫妻情深似海，白頭偕老！"說完，將杯中的紅酒一飲而盡。

"傻丫頭，你以後也會找到能愛護自己和自己喜歡的人，快快樂樂過一輩子的啊……"哥哥用手撫着我的頭，和嫂嫂相視而笑。

呵，親愛的哥哥，你不知道，你和嫂嫂表露出的那份默契與深情，真讓我感歎古人說的"只羨鴛鴦不羨仙"！甚麼時候，我才能擁有這樣一份美麗的感情呢？

文章寫出了"我"作為妹妹在哥哥婚禮上，感受到的甜蜜、惆悵與憧憬，心理刻畫入微，具有很強的真實感。接着，通過一個個細節和場景描寫，烘托了哥哥和嫂嫂之間的默契與深情，也顯現了作者細緻的觀察能力和人物形象的塑造能力。選材時取其精華，選取哥哥和嫂嫂回答問題以及"我"和他們對話等細節，深刻揭示了文章的主題：兩個有情人終成眷屬令人羨慕，又令旁人對愛情產生憧憬。

愛要學會放棄

鍾恩賜

記憶的葉子在黑暗中簇簇碰撞，搖落滿地惆悵……

你突然之間給我打了個電話，我當時正在忙着，生硬、冰冷、死板的語氣讓你覺得冷漠了吧？說真的，對於你的來電，我很茫然。我曾經很努力，並且一直在努力忘記生命中有過你這樣一個給我留下了深深烙印的人。時至今日，曾經的海誓山盟早已不在，你有了你的生活，我有了我的戀人，我們早已經是最熟悉的陌生人。哪怕我們曾經愛得死去活來，哪怕我們曾經有過四年的共同記憶。

你的固執與驕傲還是一如既往，然而就在你告訴我你生病了的那一刻，我的心仍然隱隱作痛。我知道，你堅強的外表下是脆弱的心靈。不知道你的那位是否了解你內心的柔弱？即便是現在聽到你生病的消息我仍會心痛，但又能怎麼辦呢？一切都是我們自己選擇的，一切早已不能回頭。我依然愛你，但這份愛，卻已經與你無關。

你說我從來沒有了解過你，可能是吧。你曾經說你只想找個相知的人陪你一起看花開花落，不在乎他貧富貴賤。抱歉，我讓你失望了！但我始終認為，那不是我的錯，而是因為你始終在是與非之間徘徊，遊走在迷離與清醒之間。

四年的光陰轉瞬即逝，許多事情已經漸漸淡忘在時間的長河裏。又是一年冬去春來，路邊的洋紫荊不經意間已經開了，大朵大朵的花，仍然喧鬧地開着。來去匆匆的生活，讓我們忽略了許多原本應該銘記的美好。悠悠數年，許多記憶已經淡去。生活的浪頭向前奔湧，誰還記得漂流瓶裏曾經裝滿的許願星？

評語

文章無一處說放棄，卻處處都在說放棄，與題目《愛要學會放棄》相呼應，而這個題目恰恰點出了文章的主題。從“在你告訴我你生病了的那一刻，我的心仍然隱隱作痛”一句所反映的表象，看到了“我依然愛你”的本質，暗示了當年的分手是多麼的萬般無奈與不願意。但是，萬般無奈歸萬般無奈，不願意歸不願意，始終是分手了，“一切早已不能回頭”，因為“一切都是我們自己選擇的”，所以，是時候要學會放棄了。

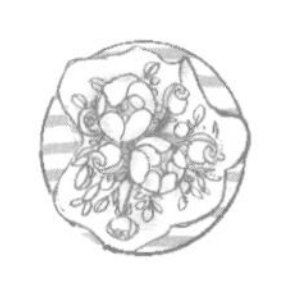

愛不是為了折磨自己

文潔芳

陽光靜靜的午後，我在整理陳年的雜物時，一疊略略泛黃卻依舊花花綠綠的信件，突然掉在我的眼前。我的心不由得一顫。一瞬間，往事如潮水般湧起，紛至沓來的思緒，彷彿時光驟然將我推回到曾經的青葱歲月。

那年我十八歲，戀愛了。年輕的心，純淨得如同水晶，容不得一點渣滓。於是就愛得轟轟烈烈，恨不得燃燒了自己，變成更炙烈愛的火焰。因為分隔兩地，我們晚上每每聊到話筒發燙仍捨不得掛斷，彷彿過一刻世界就會毀滅。我們彼此寫信，在電話裏不方便説的思念，都化為筆下流淌不已的小溪。往往一封信才寄走，就立馬鋪開信紙寫着下一封。然而，左手握住了愛情，右手卻失去了理智。終於有一天，因為一件小事，我們開始爭吵。她要強，我氣傲。年少氣盛的我們誰都不肯服軟。於是，從小吵變成大鬧，分歧變成分手，愛情終於走到了盡頭，曾經炙熱的愛火，化成了一堆失望的灰燼。

分手後的那些日子，我終日以酒消愁。滴血的心裏除了恨，還是恨；恨她，也恨自己。恨她怎麼就如此狠心，居然可以如此輕易就離開我；恨自己怎麼這麼傻，愛上一個如此絕情的女人。仇恨讓我咬牙切齒，痛不欲生。很長一段時

主題要深刻

間，我如同行屍走肉般活着。直到有一天，對着鏡子，看着自己佈滿血絲的眼睛、蒼白得沒有血色的臉，我才猛然醒悟，原來我一直折磨的都是自己。

其實，現在再想想，愛也好，恨也罷，生活還得繼續。更何況讓仇恨折磨自己，原本就是人世間最傻的事情。愛不是為了折磨自己，而是要為自己增加歡愉。愛一個人，當然應該希望她過得好。如果她覺得離開自己能更加開心，為甚麼不放手呢？看來，當時仍幼稚的我，心胸真是太狹窄了。

評語

愛是寬容，愛是付出，愛是祝福。作者運用倒敘手法，回憶了自己和戀人從相識到熱戀，到感情最終走向末路的往事；回憶"我"分手後"終日以酒消愁"，"滴血的心裏除了恨，還是恨"，"如同行屍走肉般活着"，以至眼睛佈滿血絲，臉蒼白得沒有血色的慘痛；最後自己幡然醒悟，就事論理，得出的深刻教訓，也成了文章的主題：愛不是為了折磨自己。文章題材真實，第四段的由衷之言，相信能給那些為愛而痛苦，為失去了愛而不能自拔的年輕人，帶來一些啓示。

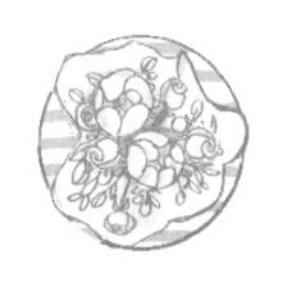

愛情需要經營

簡汗青

昨天晚上，女友突然抱住我的胳膊對我說：“這個週末如果不忙的話，我們一起去看場電影好嗎？”

看電影？我一時之間有些走神。這件事情女友說過多次，因為種種原因，卻一直沒有成行。是啊，原來自我們談戀愛以來，還有好多事情都沒有一起做過呢！比如一起出去吃飯，比如一起出去旅遊……甚至連一起散步的機會也很少。

想到這兒，我有些內疚與自責。是的，自前一次戀愛失敗，我痛心入骨和女友分手之後，在我眼裏，愛情似乎變得不是那麼神聖與重要了。人、過往的事，會一次次在眼前徘徊，遊離不去，它們仍折磨着我，讓我困擾，以至於忽略了現在身邊默默陪伴着我的人，忽略了悄然流淌而過的美好時光。我認為愛情只需要平平淡淡就好，卻忘記了愛情更需要一些浪漫，與帶給對方突如其來的驚喜。雖然這些我都知道，但我都因過去的傷痛給忘記了，以至於認為自己從來不懂得浪漫，不懂得怎麼去討女友歡心。

又開始談戀愛一年多了，我很少給新女友送禮物，上一次送花還是在一年前……女友卻總是默默地做着她認為自己應該做的事情：每天為我準備好豐盛的晚餐，每天為我洗髒衣服，每天晚上默默地陪伴我看書……

女友對我的要求不高，偶爾我陪她去逛逛街，陪她去做做頭髮，她就高興得如同一隻歡快的小鳥，能夠雀躍欣喜半天。

原來，一切都只是由於我的漠然，以至錯過了生命中許多美好時光，以至於忽視了本不應該忽視的人的感受。

我們要記住：有些事情現在不做，以後可能一輩子都做不了……所以，快抓緊良機，設法為愛自己的人多一些付出。

評語

文章通過敘述女友邀“我”去看電影，引起“我”反思這樣一件小事，從分析“我”的漠然，是因為前一次戀愛對“我”影響很大，使“我”認為愛情只需要平平淡淡就好；認為女友對我的要求不高，可以看出她一直在用心經營愛情”，“總是默默地做她認為自己應該做的事情”；把戀愛過程中，女友輕易便能滿足，和“我”的吝嗇付出做對比，最後終於令“我”恍然大悟，體會到：有些事情現在不做，以後可能一輩子都做不了。文章透過真實的題材，從現象看本質，由表及裏地挖掘出這樣的主題：當愛情還在的時候，用心付出，好好經營，生活才能更加多姿多彩，愛情才能更加甜蜜。

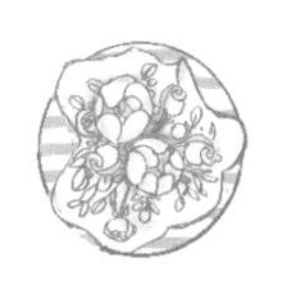

插 曲

萬子良

他是父母的獨子，從小就在父母和姐姐的呵護下長大。在家人的眼裏，他始終是一個長不大的孩子。

其實，他並不喜歡這樣。他希望自己能像個男子漢那樣頂天立地，承擔屬於自己的責任。大學期間，他戀愛了。在戀愛中，他感覺自己終於可以像一個男子漢那樣，去照顧嬌小可人的女友了。

大學畢業後，他們步入了婚姻的殿堂。人們常說："婚姻是愛情的墳墓。"在他看來，的確如此。因為他覺得，結婚之後，那個曾經被他呵護的女友，在悄然之間慢慢變成了他的姐姐。婚姻並沒有讓他成為一個真正的男子漢，而只是讓他多了一個對自己更加關心的姐姐。這讓他很失望。

在工作中，他結識了一位秀氣嬌柔的女生，女

生給他的感覺一如當年的女友。於是，在一個秋天的黃昏，他帶走了家裏所有的積蓄，拋下妻兒，和女生遠走他鄉。

異鄉的生活異常艱辛，他當初義無反顧所選擇的愛情，已在無數次的爭吵中化為泡影。在折磨中，他漸漸地體會到，原來他的太太，感覺中的"姐姐"，才是他最牽掛的人。一年後，他帶着滿身的傷痛，身無分文地回到了家鄉。

妻子態度決絕，要求離婚。情急之下，他淚流滿面地對妻子説："我欠了你一年，我要還你一輩子！"聽了這句話，妻子沉默了。他走了過去，緊緊地擁抱着妻子。他覺得，這是他一生中最像男子漢的時刻。

這一年的時光，對於這對夫妻來説，只不過是他們生活中的一段插曲。但他們應該感謝這段插曲，因為插曲過後，他終於明白，走進婚姻的殿堂並不是走進墳墓，而是走進一座溫馨的家園。在這個家園中，他扮演的並不是配角，而是主角。

文章以《插曲》為題，緊緊地吸引住了讀者的目光，再以"他"的經歷為線索，通過敘述，把一對戀人、夫妻之間產生的愛情波折娓娓道來，令讀者產生了心靈上的共鳴和感慨。文章取材真實而平凡。説它平凡，是因為它代表着當下一些家庭中夫妻間的婚姻現狀。作者透過現象指出本質，深刻地向人們表露了維持婚姻長久的哲理：要想婚姻不是愛情的墳墓，而是一座溫馨家園，那需要用心去經營。

合適就好

趙竹林

出了家門左拐再右拐，有一條巷子。巷子算是一個小集市，甚麼都有得賣。爸爸常常叫我到那裏去買些水果或買包鹽甚麼的。巷子很古老，地面鋪的都是青石板。在這平靜安詳的江南小鎮，每天都有數不清的人踩在這青石板上，所以青石板被磨得光光的，夜晚可折射明朗的月光。

巷子那頭一直通到河邊。吃了晚飯後，一家人從巷子穿過去，來到最接近那碧綠河水的地方散步。走到巷子的盡頭的時候，我一歪頭，看到兩個老人坐在竹椅上，悠閒地搧着扇子。老爺爺挺着光溜溜的大肚皮，老奶奶滿頭銀髮卻梳得紋絲不亂，她有時候給老爺爺搧着蒲扇。

聽大人們說，老奶奶原是這鎮上知書達理的美女。老爺爺呢，在這鎮子的附近鄉下種田。年輕的時候，老爺爺可喜歡老奶奶了，想方設法接近老奶奶；可真與老奶奶接近了，倒是不好意思了。農村漢子，臉皮子薄。

後來？後來不知道怎樣，兩個人就結婚了。可是，老奶奶脾氣不好，動不動就吵鬧，是出了名的炸藥筒子。老爺爺呢，一直讓着她。

我問，老奶奶既然是大戶人家出身，怎會看得上沒讀過書的窮老爺爺呢？大人們都不知道答案，我至今也沒弄清

主題要深刻

楚。不過，兩老感情一直都很好。他們用幾十年的光陰，來互相理解，至今仍是相敬如賓。

從他們二老身上，我忽然懂得了甚麼叫做真正的愛情。愛情豈可沒有磨合，情侶豈能盡如人意？老爺爺沒有文化，卻有着寬廣的胸襟，能包容老奶奶的壞脾氣。老奶奶也並不嫌棄老爺爺受教育不多，一直相依相伴。這就是真正愛情的魔力。

本文作者就事論理、就事論情，認為人無完人。當發現深愛的對方有這樣那樣缺點的時候，是選擇放棄還是選擇包容？不管選擇甚麼，這都代表着境界，也代表着胸襟。而文中所講的兩位老人就選擇了包容，“老奶奶脾氣不好，動不動就吵鬧，是出了名的炸藥筒子。老爺爺呢，一直讓着她”，“兩老感情一直都很好。他們用幾十年的光陰，來互相理解，至今仍是相敬如賓”，“老爺爺沒有文化，卻有着寬廣的胸襟，能包容老奶奶的壞脾氣。老奶奶也並不嫌棄老爺爺受教育不多，一直相依相伴”。文章敍述了他們在“門不當，戶不對”的情況下，通過互相包容，通過磨合，和睦相處，相依相伴數十年的故事，揭示出深刻主題：情侶結合不是盡如人意的，需要互相體諒。只有這樣，才能白頭偕老。

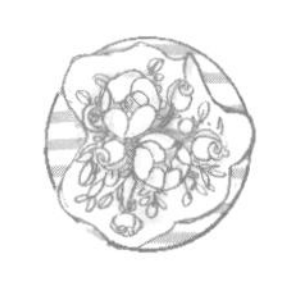

合腳的鞋子

秦可美

交往了四年的女友，最後還是向他提出了分手。

他一米六的個子，不及女友高。他沉默近於木訥，不懂得浪漫。女友聰明美麗，經常是男子追求的對象。在這四年裏，為了他，她拒絕了很多更高更帥的男子的追求。但是這一次，她似乎決定放棄他了。

他沒有阻止女友離開，因為他實在不善於用言辭表達。他只是默默地幫她整理東西。衣櫃裏好多都是他為女友買的衣服，鞋櫃裏差不多也都是她的鞋，他根本沒有想過自己。她就是他的宇宙中心，而今天他的中心就要崩塌了。他一雙一雙地將鞋子放進箱子裏，最後給她搬出了門。他沒有歇斯底里，因為他想要她快樂。

女友就這樣坐在計程車裏駛出了他的世界。

晚上，他睡不着。半夜，女友打電話來，哭着說她在某某地方，腳磨破了，一點兒也動不了。他甚麼也沒說，開車就去了女友指定的地方。她穿着一雙華麗的紅色高跟鞋，鞋跟很細很高。他蹲下身子，為她換上了總是放在車上的便鞋，說："我給你買的那些鞋，都好穿，不會磨腳，讓他也給你買那樣的鞋子吧。"女友哭了，想起他盡是為自己買平跟鞋，而她一直為此不滿，覺得那是因為他個子矮、自己高的緣故。而跟他分手的今天，她終於可以穿新男朋友送的高跟鞋了。她穿着高跟鞋，在大街上和那個浪漫的男朋友逛了一整天，瘋狂地耍樂着。但當新男朋友盡興之後，和她禮貌地在十字路口分了手，她卻失落地哭了：以前的他，哪次不是殷勤地將自己送回家的呢？

她想：她要的只是一雙合腳的鞋子罷了，而他不就是嗎？

因為他的木訥，因為他的個頭不高，他差一點就失去了女友。但這個木訥的他卻懂得為她着想，又細心、體貼，所以女友最終還是選擇了他。故事的轉機是"合腳的鞋子"——這點是全文的精華。不合腳的鞋子看上去很美，但是會磨破腳，說明了雖然別的男人看上去很好，但是不一定懂得體貼。而對於她來說，他才是最適合的她最合腳的鞋子。對此，作者告訴我們：世界上的任何東西只有合適的才是最好的，愛情也是——這也就顯示了文章的主題。

第四章　主題要獨創

所謂主題要獨創，是指文章要有自己的見地，或是提出別人沒有提出過的見解，或者在某一問題的認識上有過人之處，或者在某一方面有新的發現，或者提出了別人所沒有提出過的問題，要令讀者通過閱讀文章而受到啟發，從而有所收穫。

一般同學的作文，比較普遍的毛病是人云亦云，給人的印象是似曾相識。比如，寫論文，老是重複人家所講的一般道理；寫記敍文，就寫一些人家司空見慣的事情；寫描寫文，也是寫人家熟悉、常見的事物；寫抒情文，也是抒發一般人通常之情；所引申出來的主題也是跟人家的差不多。這些毛病，就叫做缺乏獨創性。所謂獨創，是個人所創作的，跟別人的有所不同。這種獨創性，既不同於一般的普遍性，也不同於別人的特殊性，而是要有自己的獨特性。也就是説，經歷要是自己的經歷，感受要是自己的感受，主題要是自己的主題。只有這樣，文章才不會千篇一律、千人一面。有些人寫文章不但談不上獨創，而且喜歡東抄一段，西抄一段，甚至整篇文章抄過來。這就不是獨創不獨創的問題，而是喪失應有的品格了。

有些同學覺得獨創是高不可攀的事。事實上，只要認真思考，要使文章的主題獨創，有新意，完全可以做到。在動筆寫文章之前，在確定主題的時候，可以認真地想一想：同樣的題材其他人是怎樣寫的，表達過甚麼主題；自己的想法跟別人的想法有甚麼不同，能否給讀者一些新的啟示。有了自己與眾不同的想法，文章主題的新意也就有了。當然，新意要以正確為前提，意識健康，這篇文章的主題才有新意。

主題要有獨創性，要有新意，首先就要求題材新穎。自己選擇的題材是別人沒有選擇過的，自然就令人感到新鮮。既是新鮮的，又是別人所沒有發現過的，從這樣的題材引申出的主題自然就有新意。

總而言之，主題的獨創性，對於一篇文章來説至關重要。我們作文的時候，應該注意向讀者展示一個獨創的主題。

文章題目	寫作特色	主題創意	題材要求
雨中青春	細節描寫	獨特的見解	真實
無垠	結構嚴謹	獨特的感受	平凡
窗外的倩影	心理描寫	新見解	特殊
愛情如詩	倒敘	新發現	特殊
舷梯上	心理描寫	獨特感受	特殊
情書	行動、心理描寫	新問題	真實
愛情故事	對話描寫	新問題	平凡
地鐵奇緣	戲劇性情節	獨特的感受	特殊
長大了	對話描寫	新發現	吸引人的特殊
遲到	細節描寫	新見解	特殊
幸福像花兒一樣	含蓄	新發現	特殊
學琴記事	心理描寫	新問題	真實
金色的幸福	細節描寫	新發現	平凡
等待花開	動作描寫、心理描寫	新發現	特殊
媽媽的祝福	用語感人生動	新問題	新穎

雨中青春

嘉嘉

志傑撐着傘，邁着遲疑的每一步，亦步亦趨地緊跟着。眼看雨越下越大，前面疾步而行的同學曉媚，卻怎麼也不肯找個地方避避雨，只是焦灼地趕路。志傑在心裏掙扎了好久，終於跑上前去，磕磕巴巴地説：“我……我……送你回家吧。”曉媚好像被嚇着了，睜着驚奇的被雨打得迷蒙的眼睛，仔細辨認着，然後輕聲地説：“好吧。”

志傑心裏挺高興的，卻不露聲色。他把傘撐得高高的，感覺自己是一個高大的男子漢。他又留心配合着曉媚的步伐節奏：她邁左腳，他也跟着，生怕自己走得太快，或者亂了步子。風飄搖着雨，落在腳邊，落在鞋尖上濺起頑皮的圖案。志傑注視着，心裏格外歡喜。那一刻，他竟然飄飄然地想到白娘子與許仙“殘橋斷雪”的傳説……

傘有點兒小，志傑怕她被雨淋到，有意把傘往曉媚那邊挪。曉媚卻緊張兮兮的，一點兒一點兒地往路邊上躲，躲到沒地方了才又挪過來一丁點。於是，他們一直走着一個 S 形的路線，氣氛有些尷尬。志傑沒話找話地説着，不着邊際。曉媚也有一搭沒一搭地應着。

雨將要停止的時候，志傑終於把曉媚送到家了。曉媚禮貌地輕聲説了聲“謝謝”，便跑進屋去了。

主題要獨創

志傑愣愣地望着她的背影，總覺得自己內心被甚麼碰撞了一下，尋到了甚麼。“青春，莫不這就是我的青春？”志傑很激動，想馬上把這種感覺告訴別人，卻又不知道要從何說起。

那是一個豆蔻年華亮晶晶的夢哦！

文章選材普通而真實——雨天送同學回家，但是得出了一個與眾不同的結論：發現青春。從熟悉中發現不一般的景致，是使主題有創意的重要途徑。本篇文章就是從一個大家熟知的題材中，提煉出“豆蔻年華亮晶晶的夢”這樣一個內涵豐富、意蘊深厚的主題來，將男生的種種青澀的情感，寄託在這個夢中，富有詩意。同時，本文較多地採用了細節描寫。這樣的描寫使主人公的情緒表達具體細膩，可讀性強，給讀者回味的空間也較大。

無垠

張心比

杯子的上空熱氣升騰。我捧着杯子，這熱氣捧着我，於是身體頓時軟下來。幾乎就在將杯子放在牀頭櫃的同時，我自己也掉進了被窩的柔軟裏。

抉擇永遠都是大難題。雖然已經做了這個艱難的決定，我仍然疑惑着，不清楚自己為甚麼會這麼做。

事情是這樣的：我的學校和英國劍橋大學有着合作項目，我被推選赴英國留學。去與不去，我還沒有最後定下來。但就在三分鐘之前，我撥通了學校的電話，給出了我的答覆。

原來幾天前，校方告知我獲准赴英通知下來的時候，我覺得去英國似乎很遙遠，去與不去，思考的時間還很充裕。可是，當答覆的最後期限逼近的時候，我感覺到了壓力。“取捨”這種東西力度很強大，無時無刻不逼迫着你要做出決定。正當它逼得喘不過氣時，我接到了女朋友打來的電話。

她在電話那一頭的聲音清脆。我沒有把我即將離港的消息告訴她。得到或者放棄，這種問題從來就是自己的事情，我不想受到任何的干擾。電話裏，她還是如常的絮叨，打聽健康，詢問學業，囑咐增減衣服……我吱吱呀呀地應付着，回話並沒有通過大腦。

但是當電話掛掉之後，剎那間我一閃念，就撥通了學校的電話，告訴他們自己決定放棄赴英國留學的機會。即刻覺得成就感包圍了我。

我似乎從未體會過如此巨大的成就感。我因為緊張而胃痛，因為心跳過速而呼吸不暢。我倒了一杯熱水喝下，緩解了一下身體的不適。

同樣是絮叨的電話，可就是它挽留了我。愛情真是一個龐大的美妙東西，讓人被包裹，讓人幸福地遊弋其中，無法掙脱。它會指引我們做出抉擇，在我們問及原因時卻嫣然一笑。明天的英國，沒有今天的愛情，我因此要放棄。

我此刻感覺到了愛的無垠。

這是一篇有關愛情、事業抉擇的文章。故事的主人公就面臨這樣一場抉擇：到底是選擇每天習以為常聽女友絮叨，還是選擇充滿刺激和有利自己前途的赴英學習？無疑讓主人公感覺到難以取捨，以至於幾天下來，他的思考並沒有給自己一個滿意的答覆。但是最終，主人公在女朋友一個平常的電話中，體會到了愛情的力度，於是毅然做出決定，放棄出國，留下來維繫今天已有的愛情。文章結構嚴謹，結尾點題準確。文章主題的創意在於：情節安排，結合一個平凡的題材，表達了作者獨特的感受：放棄事業發展，而選擇維繫愛情。這種抉擇在一般人看來很傻，但在“我”看來卻值得，“覺得成就感包圍了我”。由此，我們不難看出愛情的無垠，那位溫柔女友的巨大吸引力。

窗外的倩影

廖比得

黃葉被秋風颯颯吹落，悄無聲息地落在了同樣沉寂的地面。行色匆匆的人，踩在枯萎的葉子上，發出“沙沙”的聲音。他獨自坐在靠窗的書桌前，抬頭就能看見滿是黃葉的路面，沉浸在若有所失之中。

寂寞的秋天，他因為寂寞而煩躁，因煩躁而胡思亂想。今天尤其如此，因為那熟悉的身影始終沒有出現。

他回想起那個遙遠春天的下午。他一如往常地坐在書桌前，撥開窗簾，從書架上拿下那本快要看完的《茶花女》繼續讀着。

當讀得有些倦意的時候，他抬起頭，窗外生機盎然的綠色中，忽然飄來一抹白色。他的心弦被輕輕撥動了。

是她。鄰班的那位女生，穿着純潔的白色連衣裙。他連忙低下頭，收起目光，不敢多看，可終於又抬起了頭。這時，心跳莫名其妙地加快了，激烈地敲打着胸膛。

“沒想到她竟然住在我家附近呢，我平時都不怎麼敢看她……”他這麼想着。

於是，他每天放下書包，撥開窗簾，等待着她輕盈的身影路過已經成了習慣。可不知從哪天起，窗外的翠綠慢慢變成蒼綠，變成微黃，等着秋風悄然而至，路上不知不覺多了幾片黃葉。

“她怎麼從來就不往這邊看一眼呢？”他偶爾也會想。想着想着，自己竟然羞紅了臉。

正如是想着，忽然有人敲窗，把他生生地從沉思之中拉了出來。他定睛一看，不由得一震：竟然是她！

他看得呆了，怎麼會是她？他盯着她的眼睛驚喜地看着。

她可能是想詢問甚麼，卻似乎一下子讀懂了他的眼神，一下子羞紅了臉，踩着落葉跑了。原來她也……

良久，他才回過神，臉上分明洋溢着幸福的微笑。秋風中，只有這窗內是一片明媚春光。

評語

這篇文章的主題可以概括為：由單戀的遐想，到戀愛的認可。文章很妙巧地借季節轉換、樹葉顏色變化的描繪，運用心理描寫手法，映襯男孩心態。情節安排，特別選擇了一般人沒有接觸過的題材，隱晦地說出：當你單戀對方的時候，不要以為對方沒有注意到你的用心，說不定對方對你也有意。這就是這篇文章在這方面的新的見解。文中主人公在最後得到了單戀對象明確的回應，本來憂傷的單思，大概會成就一段幸福的浪漫戀情，讓故事給讀者留下遐想。

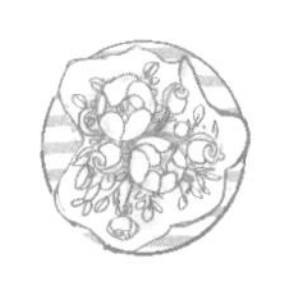

愛情如詩

劉小白

“呵呵，你們這些年輕人啊，恐怕再也找不到那樣的浪漫了！”阿姨望着因女友拂袖而去而煩惱的我，一直微微笑着。只要聊到愛情，阿姨的眼裏就滿是幸福。

我側頭想繼續聽下去。

“當年我和你姨父認識的時候，我們都剛從學校畢業，都是編輯部的小職員。說實話，編輯部的男青年挺多的，我開始還真沒有注意到他。那天我吃完午飯，在辦公室端着一本詩集，靠着椅子背一行一行地讀。這時候，一個男青年從旁邊走過，打招呼式地問：‘看書呢？甚麼書？’我對他微笑，把書的封面給他看。他的腳步停了下來，轉身盯着我手裏的詩集，嘴角上揚，眼睛炯炯有神，說：‘能讓我給你讀一段嗎？’我一愣，就把書遞給了他。他清了清嗓子，用雙手托着書，讀道：

‘如果我也擁有如此珍貴的寶藏，

我決不願拿它換取高齡，

換取乾癟的兩頰和白髮蒼蒼。’

讀完這一句，他停了下來，雙手顫抖着，好像看到了甚麼極美的東西，好久沒有說一個字。半天他才回過神，帶着欣喜的神情把書還給我。之後，我們就開始聊天了。每次可以聊好久。他的眼神一直閃耀着。”每次說到這裏，阿姨神情都似乎有些激動，臉上洋溢着甜美的微笑。她接着說：“那詩人般的眼神啊！我怎麼都忘記不了他那忽然要給我唸一段的舉動，還有他那迷人的眼睛。”

“後來他開始追求你了？”我問。

“呵呵，不是，是我忍不住追他來着。”

我們倆都大笑起來。是啊，我可能真的沒有福分，可以享受這種女追男的清純而又超越凡俗的浪漫了。

這篇文章用倒敍手法，寫的是阿姨口述剛剛認識姨父時，姨父為她唸詩，結果她“怎麼都忘記不了他那忽然要給我唸一段的舉動，還有他那迷人的眼睛”。全文題材新穎，內容獨特，甚有新意。這件具有特殊性的事件，揭示了這樣一個主題：在今天，男追女是普遍現象，而文章講的阿姨追姨父這種女追男的愛情形式，是“清純而又有超越凡俗的浪漫”。全文對主題的提煉，也比較成功。

舷梯上

郭志仁

機場的陽光，比城裏的陽光更加毒辣，刺眼的橘黃色的光線，照得孤獨的人內心更加孤獨。太陽大概就是這樣，毫無半點憐憫之心，用它的熱浪撥弄着大地，要將人類的所有壞情緒，都毫無保留地激發起來。

在這樣的下午，我何曾想過，我也會踏上這冰冷的舷梯？

遠離故土多年的她，是否偶爾也會想起我們曾經走過的路？她的模樣在我腦海裏已經模糊起來了嗎？沒有，我無數次勸諭自己，我應當早就忘記她曼妙的身姿，可愛的笑臉，忘記我的悲傷，忘記所有應該忘記的東西。人就是這樣，越想記起的東西，它越容易消失在記憶裏；越想忘記的東西，卻在意識中一遍又一遍地浮現。

那一幕幕仍然清晰。她在我窗前翩然走過，微笑着回頭，和我四目相接的神情……還有她在窗前看着我打籃球，雙手托着下巴，臉上掛着淺笑。那時候，我們是最好的玩伴，似乎我們就應該永遠在一起。但是，誰曾經想過我們竟然會天涯相隔呢？誰曾經想過我們能夠少得了對方？當她說要離開這個國家，遠赴法國繼續學業的時候，我的眼淚不由自主地掉下來了。我最需要她啊，她怎麼能夠放下這一切？

主題要獨創

在遙遠的國度，她曾經有過孤獨嗎？我知道的只是，被她拋下的我，無時無刻不在孤獨中想着她……

她走後的日子，我總是沉淊在思念的泥沼之中。直到不久之前，她用電子郵件發過來法國男朋友的照片，還說他們已經訂婚了……

我決定去阿根廷，離開這傷心地，去到地球的另一端，學會忘記。

祝你們幸福吧。在舷梯上，我望着刺眼的陽光，在這個國家許下最後的一個心願。

評語

這篇文章，講述的是一個癡情的男子，得知昔日自己“最需要的她”已經和他人訂婚的消息之後，心情複雜，決心離開傷心地，在機場踏上舷梯前所發洩的一番牢騷。文中的癡情男子，為了昔日朦朧青澀的感情（也許連愛情都說不上），縱使明知沒有結果，也一直默默等待，默默思念，他的專一與癡情，足以讓各位讀者感動。這篇文章主題，甚有創意，感受獨特：想忘記卻無法忘記，“無時無刻不在孤獨中想着她”，最後不得不接受現實，“離開這傷心地”。文章寫的是一般人沒有接觸過的題材。在題材的處理上，詳略得當。詳寫“離開這傷心地”時的心情，至於她的樣子如何、“我”與她之間發生過哪些事，作者卻沒有具體去寫，只是概括性地交代了一下。

情書

何其妙

秋風拂地，吹起落葉，帶來陣陣涼意。秋風這個幸災樂禍的東西，在這個並不熱情的季節裏，肆意地發揮它勾人傷感和不安的本事。樹葉被它捲起，漫天飛舞，似乎想遮蔽陽光燦爛的天空……連人的心緒也被它擾亂了。

坐在窗前的我，放下了筆，望着桌上的幾張紙出神。

這是我寫的的第一封情書。

為了它，我翻遍了整本《十四行詩》，莎士比亞的辭藻，正好貼近我心中所想。我查閱了厚重得如同磚頭的《唐璜》，拜倫的氣質，大概是對我最好的吸引。即使是這樣，我仍然對這封情書不太滿意。我唯恐書不盡意，惹她訕笑。哎，事事哪能盡如人意？畢竟我還是寫出來了，我應該感到驕傲，因為我終於敢說出自己心裏的話。它們實在積存得太久了。

可是，我不由得不擔心。她這樣的女生應該不乏有追求者吧？我是不是裏面最優秀的呢？她這樣的女生應該沒有心思談戀愛吧？雖然我們已經過了青澀的年華，都自以為深知愛情的含義，但我還是缺乏勇氣在她的面前坦率地表達自己的愛意。所以，還是寫情書比較好吧。我的筆笨拙一點，可或許她正喜歡我這嘔心瀝血的真情實感表白呢？睡在牀上想啊想，恍惚之中我睡着了。自暗戀她以來，第一次沒有失眠。

主題要獨創

第二天在去學校的路上，我就碰到了她。我的手插在口袋裏，握着那封沉甸甸的情書。

“阿雪……”

“嗯？早啊！有事？”

“啊，沒……沒……”

“那就快點走啊，要遲到了。”她快步往前趕。

“阿雪……”

“有事就説啊。”

“沒事……算了。”

直到進了學校，我終於還是沒有把情書拿出來。濕津津的，這封情書，早被我手心的汗滲透了。

評語

是不是只有女生在戀愛中，才會現出羞澀的心情與被動呢？此文的主題，就涉及了這樣一個別人沒有想過的新問題，真實披露和還原了初戀的矛盾心理。在這篇文章中，描寫敍述者“我”暗戀一個女生，寫了一封情書，想要對她表白，但是雖然經過精心準備，最後還是缺乏勇氣送上情書的內容和情節安排，都頗有新意，向讀者展示了主題的獨創性。

愛情故事

林卓行

在慶功宴上，豪哥舉杯說："真高興大家都能來。其實，我能夠考入研究院攻讀碩士課程，主要得益於我的女朋友阿珊對我的支持。所以我第一杯酒要敬她。"說着，轉身把酒杯對着坐在自己身旁的阿珊。

"你還有個女朋友？我們怎麼不知道？"朋友們都呼三喝四地開始追問。

"呵呵，也是考完之後才正式交往的……要是交往過早，可能考研究生就要泡湯了。"

"嘢？怎麼說？"

"這說來就複雜了。"豪哥清了清嗓子，"原來我不是一個好學生，可是大二的時候認識了阿珊——你們難道都沒有發現那時的我有甚麼變化嗎？"

"你這麼一說，我倒是感覺到了點甚麼！"同寢室的小華開口說，"說實話，原來豪哥確實不怎麼認真學習。可是到了大二的時候，為甚麼忽然努力起來了？當時我們都覺得奇怪，但是也沒怎麼在意。沒想到竟然和這個有關係！"

"當時我認識了阿珊，真的很喜歡她，但是怎麼都不好開口，因為我們完全不是一種人。她是高材生，學習又好，人又長得漂亮；可是我呢，充其量也不過算個三流學生吧。我當時很想跟她表白，但是怎麼都提不起勇氣。”豪哥果然夠坦白。他侃侃而談的時候，阿珊在旁邊已經滿臉紅暈。

我插嘴道：“所以你下定決心要認真學習，追上阿珊？”

“也不是要在成績上追上她。那時我鼓足勇氣，敢於對她說的話只不過是：‘等我等到我考研成功，可以嗎？’沒想到居然成功了。哈哈，所以我要感謝她！”豪哥含情脈脈地望着阿珊。我們都投以羨慕的眼光。

這個夏天的陽光分外燦爛。陽光下，這一對幸福的戀人，讓我們羨慕得近乎嫉妒。沒想到愛情除了有迷惑人的效力，還有激勵人上進的一面！

評語

這篇文章的主題，給了讀者一些新的啟示，有與眾不同的想法。全文用對話的形式，講述了一個學習不認真，缺乏學習熱情的大學生豪哥，在愛情的刺激下發奮讀書，最後因為努力學習而考上研究生，並且抱得美人歸的故事，給我們展示了高尚愛情的偉大力量。真正的愛情應該能夠催人上進，應該能給予戀愛雙方強大的精神動力。這樣一篇以高尚愛情為主題的文章，給我們說明了這樣一個新問題：愛情重要，學習、工作更重要，我們應該花更多的精力在學習和工作上。因為，只有學習學好了，工作做好了，才有資本去談戀愛。

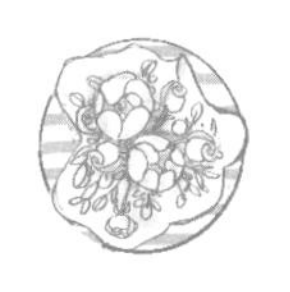

地鐵奇緣

梁創建

那一天，我西裝革履的，準備去一個編輯職務面試。春天的陽光還不強烈，料峭的春風偶爾吹開我的上衣，將涼意送進我的襯衫。

進地鐵站的時候，我忽然覺得眼前一亮：在進站口不遠的地方，一個年輕的穿着寬鬆上衣的女生，牢牢地吸引住了我。她可能不算非常漂亮，但那高高昂起的頭，飄逸的長髮，微微上揚的嘴角，深深地映在了我的心裏。她的自信，讓我覺得整個地鐵站似乎沒有別人的存在。

這是我最欣賞的女生類型。我有一種強烈的想上前去和她交朋友的慾望。這可能不是愛情，只是某種很微妙的吸引——不知我是否也正在吸引着她呢？

沒等我多想，帶着一陣強風，地鐵轟鳴着進站了。跟隨着匆忙的人群，我走進了車廂。那個漂亮的女生正跟在我的後面。

地鐵乘客不是很多，我找到座位坐下。車廂裏站着的只有少數幾個人。那個女生正坐在離我不遠的地方。我微笑地看着她。她的視線偶爾和我的視線相遇，但是很快又移到了別的地方。“她究竟有沒有注意到我呢？”我心想。

地鐵又進站了。這時候，車廂中出現了一位老人。當他走近我的時候，我站起來説：“先生，你坐這裏來。”這時候才發現，原來那個可愛的女生幾乎在同一時間也站了起來。她望着老先生，又望了望我。和我視線相接的時候，她微微一笑，又坐了下去。

我也對她笑了笑。

我離開車廂的時候，發現她也在同一站下。更讓我驚奇的是，她一直在和我同路走着，直到我到達目的地——原來她就是我面試的考官！沒想到考官竟然是這麼年輕。

不知日後我們會不會共事，會不會相愛呢？好在給她的第一印象還不錯。

評語

這篇文章，記敘了一對男女在地鐵站相遇並一同給老人讓坐的趣事，更在文章結尾，戲劇性地將這個充滿吸引力的女性，安排成了“我”的面試考官，使這篇文章“主題頗有創意”。文中的女生給“我”的第一印象，不但是“高高昂起的頭，飄逸的長髮，微微上揚的嘴角，深深地映在了我的心裏”，而且品格高尚，有愛心，會給有需要的人讓座，“原來那個可愛的女生幾乎在同一時間也站了起來”；而“我”“好在給她的第一印象還不錯”。既然“我”與她都對對方有好感，事情會如何發展？文章留下了一個懸念，也引起了讀者的遐想。

長大了

何其妙

“哥，你背後藏着甚麼呢？”哥哥剛回家，我一眼便看見他藏在背後的雙手有些異常，興奮地喊道。

“噓，小聲點！”哥哥一個勁朝我使眼色，“真是怕你了。”他一邊把我拉進他的房間，一邊將手中一盆紫羅蘭，小心翼翼地擺在桌上。寬大的葉子，紫色花瓣重疊着，濃密的芳香從花瓣間流淌出來，紫羅蘭就如大家閨秀般幽雅。

我不禁心裏癢癢：“哥，這花好漂亮啊！送給我好不好？”

哥哥瞥了我一眼，神氣地說：“那怎麼行呢，這是我的！”

“既然這樣，我就要告訴媽媽了。”媽媽教子之嚴，在街坊鄰居中是很有名的，她的“命令”我們從不敢違抗。

不出所料，哥哥讓步了。他看着紫羅蘭，着急地解釋：“好妹妹，不是我不給你，可這是同學送的，我怎麼能轉送呢？”

“同學？男同學還是女同學呀？”

哥哥詭秘地笑了笑……

真奇怪。接下來的日子，哥哥和睡懶覺、晚歸、打遊戲“劃清界線”了，每天早早地起來給花澆水，偶爾還鬆鬆土、施施肥，回家的第一件事就是看一眼紫羅蘭，生怕它有甚麼不測和閃失。有幾次，我甚至發現哥哥望着紫羅蘭，傻傻地樂得笑出聲來……

媽媽高興得直誇哥哥長大了，責任感強了，開始懂得照顧花兒了。哥哥呢，紅着臉兒，美滋滋地若有所思，莫不是又在牽掛他百般呵護的“紫羅蘭”？

看來，媽媽還不夠我聰明呢！

本文題材新穎，所以引申出的主題，自然就有新意。

作者大量運用對話、行為舉止描寫手法，表現人物的性格特點，文章還通過細緻的情節，表現哥哥正在發着朦朧的“豆芽夢”。哥哥回家不想讓家人知道他帶回一盆紫羅蘭，被“我”發現後詢問紫羅蘭是不是女生所送，哥哥笑而不答，以及他對紫羅蘭無微不至的照料等等，都在為表現主題服務，同時透露出紫羅蘭的非同尋常的意義。最後，母親“直誇哥哥長大了”，點出本文的主題。文章結構嚴謹，語言自然活潑，人物描寫形象生動。

遲到

賀秋萍

“報……報告！”

“又是她。”男生咕噥一聲，所有人的注意力從黑板轉移到了教室門口戰戰兢兢的瘦小女生身上。老師輕歎一聲，說道：“進來吧。”

男生的視線隨着女生的動作悄悄移動——她匆忙又慌亂地坐下，低頭找出書本和筆，再專注地聽課、記筆記——這似乎成了他的習慣了，因為女生的遲到也像是一種習慣，她又好巧不巧的，坐在他的前桌。儘管每天都遲到，她卻一直穩坐着全校第一名的寶座，很是令人費解。她很少話，他們之間唯一的一次交談，還是他假借筆記之名進行的。

“要命！怎麼又走神了！”男生甩甩頭，暗怪自己不該每天都受她影響而分神。她明明是平凡得不能再平凡的嘛。

週末天還沒亮，男生就被媽媽從牀上拎起來，說要帶他去鄉下外婆家。一打開門，居然看見正往他家塞報紙的那個同班女生，不禁呆住。女生也微微一愣，隨即紅着臉羞澀一笑，騎上自行車慌忙走了。“是因為這樣才每天都遲到？”他偏頭深思。

他沒想到，幾天後又在一個意想不到的地方看見那抹小小的身影。在夜市一隅，她守着一個小小的攤位，雙眼卻專注在手捧的厚厚的書本上。他覺得自己的心被揪緊了。這是一個甚麼樣的女生呢？同齡的學生——像他，無憂得像天空沒線的風箏一樣的時候，她卻要為生計奔忙。男生沒有靠近，因為他沒忘記上次她的尷尬。

不過他知道她有一個小秘密，她的筆記本裏放着一個書籤，那是一所知名大學的圖片，旁邊批註着"加油！"

男生發現自己也找到了努力的目標。"就是它吧！"他暗下決心。

文章表現了一個男生對一個"平凡得不能再平凡"的女生的朦朧情感。男生對女生不由自主的關注，每天因受她影響而分神，這些細節表現出一個懵懂少年愛情的萌芽。同時他的這種感情，又是建立在尊重他人的基礎之上的，男生行動之前總是會顧及到女生的立場。文章的結尾處，通過女生寫在書籤上的秘密，深化了文章的主題：男生在愛護女生的同時，也為女生的精神所感染，找到了學習的方向。本文作者向讀者展示的主題獨特，較好地詮釋了愛情的基點：自尊自愛，互敬互愛。這是作者在文章裏的新見解。

幸福像花兒一樣

莫家珍

爸爸喜歡種花。在我家的花園裏，種滿了品種繁多、色彩各異的花。平日慕名而來賞花的人很多，爸爸呢，總是興趣盎然地引他們去花園。讓我生氣的是，這時唯獨媽媽必須留在廚房裏為客人準備茶水。因為爸爸從來都不讓媽媽去花園，哪怕遠遠地看一看。我知道媽媽是喜歡花的，很多次我看到她在窗前望着花舒心地笑呢！那些不是爸爸引以為傲的花嗎？他怎麼連看都不讓媽媽看呢？

有一次，我呆在窗前，看着花兒，百無聊賴時心裏竟生出念頭來："如果沒有了這些花，媽媽不是就可以去花園了？"我甚至為自己的想法感到一陣竊喜。

所以那天下暴雨的時候，爸爸還沒有下班，我對於媽媽讓我把花移進花房的話才會置若罔聞。媽媽默默站着，好像很為難。終於，她不顧一切地衝進雨中，自己動起手來。媽媽艱難的動作、清瘦的背影，讓我的心驀地難過起來，我再也沒辦法置身事外。正準備衝進雨中幫忙時，爸爸回來了。

顯然，眼前的情景令他十分震驚："你怎麼能……"他慌亂地拉起媽媽的手就走，媽媽手中的花盆被摔得粉碎。

"爸！你怎麼能這樣？"我驚恐地叫着，跑過去拉住媽媽的手。這時我才發現，媽媽的手和臉長出了密密麻麻的紅疙瘩。她看上去很難受，連呼吸都很困難。

“你媽媽對花粉過敏的，我現在帶她去醫院。”

……

終於，我知道了為甚麼爸爸送給媽媽的花，總是裝在精緻的玻璃瓶裏。“子非魚，焉知魚之樂”，原來我一直不知道他們的秘密。現在啊，我忽然覺得在媽媽的心中有一朵珍奇的隱藏的花兒，開得那樣盛，那樣密，散發馥鬱的芳香，永不凋零。

本文的亮點，在於選擇了一個其它人不太常用的題材：媽媽愛花，卻必須遠離花(因為她對花粉過敏)。這樣有新意的組織、選材的好處，可使主題有獨創性。作者提煉主題時，所安排的情節，是一個個懸念——爸爸不讓媽媽賞花；媽媽雨中搶着搬花，爸爸發怒；“我”的不解；結尾才點明主題。不能碰花的媽媽執着地愛護着那些花，因為那是她和爸爸共同愛護的花。媽媽的行為使「我」震撼，「我」發現媽媽的行為背後藏匿的情感，或許那就是爸爸媽媽對待愛情的方式，媽媽為愛情所做的犧牲。但是媽媽的心裏一直是幸福的，那種幸福很深，也很長久。全文的語言生動感人，結尾含蓄而有詩意。

學琴記事

李介宜

鋼琴買來不到一年，芳芳厭琴的情緒終於一發不可收拾。鋼琴老師換了無數個，可她還沒完沒了地找茬，致使沒有一個“合格”。可媽媽似乎韌勁更足，也不知從哪兒又弄來了一個新老師。

新老師姓魏，謙和有禮，帥帥的，一付學生模樣，年齡似乎比芳芳自己大不了多少，這讓芳芳暗暗吃驚。芳芳以前的鋼琴知識學得七零八碎，得從最基本的坐姿、手勢教起。老師耐着性子，一點一點地教；芳芳小心翼翼地聽，也不敢輕言妄行。

有一次，芳芳藉口去廁所，偷跑到樓下溜了一圈回來，就聽見一陣柔美的琴聲，像潺潺的春水聲般流出房間。芳芳詫異地走到老師身後，看見老師修長的手指在琴鍵上靈巧地跳躍着，臉上微微帶笑。

好美啊！芳芳出神地凝望着。未料，老師回過頭來，說：“你來試試。”“哦。”好像被看穿了甚麼秘密，芳芳的臉“刷”地紅了。她遲疑地走過去坐下，一時間不知道腳該怎麼放，手也不聽使喚，有些發抖。可不能出糗啊！她緊張地摁着琴鍵，越彈越急，琴聲了無生氣。半天，她把頭埋得深深的，一言不發。

自那以後，芳芳開始前所未有地認真學琴，為的只是要讓老師看到她有優雅彈奏的一天。老師說的話，教的手勢、坐姿，她一一模仿。只要一走進房間，老遠地看見鋼琴，她就會感到充滿歡樂。學習上的不順也罷，媽媽的嘮叨也罷，只要一想到可以看見老師，可以聽到老師的聲音，她就一切煩惱都煙消雲散了。

每天，芳芳都在練琴，久而久之，她發現在經歷了漫長的練習之後，每一個音符都充滿了歡樂、力量和神聖。原來，流去的時間都藏在了這裏！

全文選材新穎，向讀者展示了一個獨創的主題。

文章所選的材料以及情節安排——芳芳從厭惡學鋼琴，到熱衷鋼琴練習，發生改變的原因，全是受到那位新鋼琴老師魅力的影響。從最初只被老師外形和親切感吸引，到後來被老師才藝震撼而努力練習，芳芳的琴技才有了很大的長進。同時，芳芳也悟出了：如果學習付出了時間、精力，就會學有所獲，而這樣的付出是值得的。這就是文章主題的“精華”所在。而對芳芳細膩的心理描寫，文章通篇雖然不曾涉及到半個“愛”字，但讀者又分明感覺到芳芳的內心感受。文章通篇不曾涉及到半個「愛」字，但讀者又分明感覺到，除了愛，還有甚麼動力能讓一個厭惡鋼琴的女生如此熱衷於鋼琴練習呢？故事應該怎樣發展下去，年輕的讀者可與老師或家長一起討論。

金色的幸福

鄺振音

啊，這可是今年冬天難有的豔陽，所以雖然已是黃昏，但來公園散步的人反而多起來。人雖然多，但是幾乎沒有人在大聲說話。餘輝暖暖地籠罩着公園，蟲兒大概都已經睡熟了吧，聽不見鳴聲。

我閉着眼，正準備好好地享受這冬日暖陽，不料，一把蒼老的聲音傳入我的耳中，好像說話的人就在我跟前。我睜開眼，看到對面的椅子上坐着一位老爺爺。他正讀着手裏捧的一本書，還不時停下來，與旁邊一位白髮蒼蒼的老奶奶交談，而老奶奶總是微笑着點頭。大概是因為老奶奶耳背，所以老爺爺說話的聲音很大，原本安靜的公園，頓時讓人覺得有些喧擾。

唉！我掃興地起身準備換地方，卻忽然聽到老奶奶讚歎道："現在人很少吧，這麼安靜！"

“現在已經是黃昏了，但陽光確實很好，所以遊人也很多呢，每個人都被陽光照成‘金人’了，連你也是啊，呵呵！”

“是嗎？我真想看看！”

“你看不見，但是我能看見，我會説給你聽的……”老爺爺有些氣促。

我感到很詫異，停下來端詳着老奶奶：她戴着一副深色眼鏡。難道老奶奶是個失明人士？難怪老爺爺要為她朗讀，還不停地解説他所看到的一切，急切地安撫老奶奶了。我為老爺爺氣喘吁吁仍高聲叫喊而感動。夕陽在他的聲浪中，刹時如正午烈日般金光耀眼。

這天，不只是陽光、空氣和遊人，還有老爺爺蒼老的聲音，以及老奶奶的白髮和微笑，都讓我感到溫馨。黃昏落日，令我感到金色的幸福，原來，它有時候來得是這樣強烈和具體。

老人散步、坐在公園裏木凳上聊天，這些原本不引人注意的平常景象，卻因為老爺爺對雙目失明的老奶奶貼心照顧，而顯得特殊和高大起來，於平凡中見不平凡，這是本文選擇題材甚具創意之處。文章語言平實、親切，行文流暢。字裏行間，如第二段的細節描寫以及語言描寫，均充滿了溫馨與平靜的愛，很感染人，讓讀者覺得到愛的具體，幸福的具體，從而發現自己也是浸於幸福之中。

等待花開

毛青平

男生這幾天總是心神不寧，坐也不是，站也不是。天冷得很，路又滑，他卻騎着自行車，一次一次地往外面跑，每次回家總是滿頭雪花。母親追問原因，他笑而不答，只是慌忙地一頭鑽進了自己的房間。

這幾天，城外有名的梅園舉辦賞梅節，母親便拉着男生一起去看。梅園很熱鬧：有白雪的映襯，白梅更顯素淨，紅梅更顯精神，唯獨黃色的臘梅沒有開放。母親和男生品評着梅花，不經意間走到了一株臘梅旁。男生說："真是可惜，一樹的花骨朵兒，竟然沒有一朵盛開。"

母親笑笑說："這有何難？"她用力往一朵飽滿的花苞上哈熱氣，並用手輕輕捂着它。很快，花瓣竟然緩緩展開，露出花蕊，像一個嬌羞的女孩子。在男生還未來得及發出他的驚歎之時，鮮妍的花朵卻已萎謝。男生惋惜地說："剛才還好好的……"母親說："花兒是要遵守着各自生存規律的。剛剛是我給了她溫暖，她開放了，不過也就燦爛一下 —— 因為她不是在對的時間做對的事情啊。"

男生聽後似乎在思索着甚麼，默默地看着凋謝了的臘梅。他看得那麼專注，連母親叫他也沒聽到。母親心想："這孩子最近有點怪怪的。"

男生和母親賞梅回來以後，變得沉靜了，也不天天出去了。母親追問他，他還是笑而不答，但是已經不再茫然了。

過了幾天，母親替他整理房間時，意外發現書櫃裏放着一封情書和兩張過了期的電影票，日期正是賞梅的那天晚上。

母親這才甚麼都明白了，嘴角浮現出笑容。

評語

本文選用的題材，很少有人涉及；情節安排也與眾不同，很有新意。

文中並沒有直接地提到愛情，對於男生的心理描寫也是淡淡幾筆，寫得很含蓄，但卻意味深長。男生正處青春躁動的年齡，似乎想向一位女生表白，但是最終卻放棄了。這一切源於和母親的一次賞梅經歷，母親的話 —— “花兒是要遵守着各自生存規律的”，使男生明白：有些事情需要等待，早戀的後果只會令人傷感。這也就揭示了本文具創意的主題。

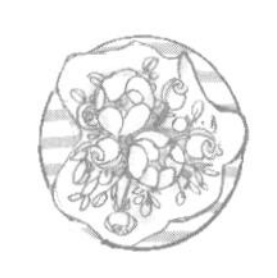

媽媽的祝福

程平

小莉是一個心思細膩、多愁善感的女孩子。最近，一件煩心的事情，讓她剪不斷，理還亂。

原來，在半個月前，小莉的男友小寧向她求婚了。小寧是個非常優秀的男子，跟他在一起，小莉每天都過得很快樂。可是，在面臨結婚這樣一個人生的重大選擇上，小莉有些猶豫了：“兩人的性格會合得來嗎？他會愛自己一輩子嗎？”這一切都是個未知數。

家是兒女的港灣。在猶豫不決的時候，小莉想到了遠在國外的媽媽，於是寫信向媽媽傾訴自己的煩惱。

一段時間以後，小莉收到了媽媽的回信。媽媽在信中講到：

“媽媽得知小寧向你求婚的消息了，這讓我有點高興又有點難過。高興的是，你終於長大了，懂得慎重地考慮自己的人生大事了。難過的是，你很快就要脫離媽媽的懷抱，開始全新的生活了。

“孩子，媽媽理解你的心情。愛情、婚姻，對於一個女人來說是多麼的重要啊！當初，我在跟你爸爸結婚之前也經歷過激烈的思想鬥爭。但最後，我鼓足了勇氣，嫁給了你爸爸。因為我認為我能讓他幸福，而不只是猜想他能否給我幸福。事實證明，我的選擇是正確的。孩子，沒有人能預測我們的未來，也沒有人可以保證你終身幸福。因為幸福只掌握在你們自己的手中。如果你們都認為能給對方快樂，那就勇敢地手牽手迎接明天的太陽吧！媽媽會祝福你的。有一點要提醒你的，甜蜜的愛情，禁不起猜忌、任性和自私的折磨。所以，媽媽希望你能用寬容、博愛和善良的心來對待你的愛人。只有這樣，你們才能夠永遠快樂！

“媽媽永遠愛你！”

讀完媽媽的信，小莉笑了，終於知道自己該怎麼做了。

本文特別選擇一個煩心的女兒給媽媽寫信，媽媽回信的內容，來回答目前年輕人如何看待婚姻這個問題，這種安排令人感到新穎。

文章以青春困惑為引子，引出年輕人之間普遍存在的關於愛情與婚姻之間的糾葛，較有特殊性，也較有代表性。文章關注現實，提出了一個別人沒有提出過的問題，並以媽媽的經歷為論據，回答了問題。它說明了“幸福並不只代表被愛，還要施愛；愛情並不意味着索取，還需要奉獻”這樣的哲理，令文章主題有創意。而且，這樣親切又帶有祝福語氣的說教，有誰不願洗耳恭聽、欣然領受呢？

商務印書館 讀者回饋咭

請詳細填寫下列各項資料，傳真至2565 1113，以便寄上本館門市優惠券，憑券前往商務印書館本港各大門市購書，可獲折扣優惠。

所購本館出版之書籍：＿＿＿＿＿＿＿＿

購書地點：＿＿＿＿＿＿＿＿ 姓名：＿＿＿＿＿＿＿＿

通訊地址：＿＿＿＿＿＿＿＿

電話：＿＿＿＿＿＿＿＿ 傳真：＿＿＿＿＿＿＿＿

電郵：＿＿＿＿＿＿＿＿

您是否想透過電郵或傳真收到商務新書資訊？ 1□是 2□否

性別：1□男 2□女

出生年份：＿＿＿＿年

學歷： 1□小學或以下 2□中學 3□預科 4□大專 5□研究院

每月家庭總收入：1□HK$6,000以下 2□HK$6,000-9,999
3□HK$10,000-14,999 4□HK$15,000-24,999
5□HK$25,000-34,999 6□HK$35,000或以上

子女人數（只適用於有子女人士） 1□1-2個 2□3-4個 3□5個以上

子女年齡（可多於一個選擇） 1□12歲以下 2□12-17歲 3□18歲以上

職業： 1□僱主 2□經理級 3□專業人士 4□白領 5□藍領 6□教師 7□學生
8□主婦 9□其他

最多前往的書店：＿＿＿＿＿＿＿＿

每月往書店次數：1□1次或以下 2□2-4次 3□5-7次 4□8次或以上

每月購書量：1□1本或以下 2□2-4本 3□5-7本 2□8本或以上

每月購書消費：1□HK$50以下 2□HK$50-199 3□HK$200-499 4□HK$500-999
5□HK$1,000或以上

您從哪裏得知本書：1□書店 2□報章或雜誌廣告 3□電台 4□電視 5□書評/書介
6□親友介紹 7□商務文化網站 8□其他（請註明：＿＿＿＿＿＿＿＿）

您對本書內容的意見：＿＿＿＿＿＿＿＿

＿＿＿＿＿＿＿＿

您有否進行過網上購書？ 1□有 2□否

您有否瀏覽過商務出版網（網址：http://www.commercialpress.com.hk）？1□有 2□否

您希望本公司能加強出版的書籍：1□辭書 2□外語書籍 3□文學/語言 4□歷史文化
5□自然科學 6□社會科學 7□醫學衛生 8□財經書籍 9□管理書籍
10□兒童書籍 11□流行書 12□其他（請註明：＿＿＿＿＿＿＿＿）

根據個人資料「私隱」條例，讀者有權查閱及更改其個人資料。讀者如須查閱或更改其個人資料，請來函本館，信封上請註明「讀者回饋咭-更改個人資料」

請貼
郵票

香港筲箕灣
耀興道3號
東滙廣場8樓
商務印書館（香港）有限公司
顧客服務部收